覺醒世紀

*Nirvana*

*Season*

*2*

# 盜夢者的金弓箭

金鈴 著

幻象呼喚善與忍，史詩揭示惡與爭。

人類冀盼理想，必先付出代價，

千錘百煉 ，日月星辰，

終究成全世界的真實。

# 自序

林語堂先生曾寫過：「凡是沒有讀書癖好的人，就時間和空間而言，簡直是等於幽囚在周遭的環境裏邊。他的一生完全落於日常例行公事的圈禁中……但在他拿起一本書時，他已立刻走進了另一個世界。」所以，我一直努力做這位善談者，十八年來，用最自由的方式去書寫，把讀者引進一個又一個別開生面的世界，讓你我的眼界和心胸，豁然開朗。這個狀態，正是覺醒，也是追尋一種高潔的靈性。任何生物皆有靈性，動植物神人魔各不相同，隨着建立對自己生命的價值感，透過自省或參悟，超越各物種層次的存在價值。

在遠古，洪荒蒙昧，人類的智慧，無法解釋不少自然現象，但隱約之間，又覺得當中互有關連。因此，我們有了神話。在西西里島，有一個山城。山城邊緣上有切蕾蕾的神殿。傳説中她的女兒普羅瑟皮娜被冥王擄走。附近是七丘海域和火山，有神族的瘋狂、有力大無窮的妖魔、有獨眼巨人等等，這就是幾千年前的世界。讀過很多神話，才令我更覺得驚訝。無論是希臘神話，還是中國的《山海經》，鳥獸神人，同出一脈。我筆下的「覺醒世紀」，看似多麼神奇，卻都是鑑書為憑，文字作證。

我每天都寫字，只為不想眼界狹隘，不想心靈被現實生活騎劫。經常有人問我：源源不絕的靈感從哪裏來？我笑説：「就在身邊嘛。」作家需要的，首先並非寫字的手，而是一雙會發掘新趣的眼睛。今次，我以創新角度出發，寫了這個故事，此景此物此情此人，看似那麼遠；卻是這麼近。

**金鈴**

# 目錄

# 背景世界

故事主要發生在一個虛幻的大陸上的五大王國：中土的壁土國，南方有燈火國，北方有溪水國，東方有柳木國，西方有箔金國。國界之外，是魔窟，沒有人知道這個地域的大小，更沒有人能穿越通行。五國被魔窟分隔，所以素不往來。

幾千年以來，魔族從未大規模侵犯神族領土，只會作惡人間。

大陸的原住民有神族、魔族和人類，與大自然和諧共處。最早的人類先民能鑄青銅器和騎術，各國皇城之內，是天神和山神住的地方，皇城外圍，是人類和猛獸共存。

浴金國
烈焰迷宮
甘棗山
玉城池
壁土國

# 人物介紹

## ① **蜜涅瓦**

族群：人類

特別技能：說鳥語

蜜涅瓦是神所選擇的僕人，在七歲之年，被送到甘棗山，受以七種樹脂油祝福，命名蜜涅瓦。她侍奉的，叫蓋亞女神。

## ② **火火**

族群：未知

特別技能：說鳥語

火火四歲喪母，被蓋亞女神收養，是甘棗山裏最年輕，也最出色的神農，和其他人一樣，他喜歡找一些新奇的植物，也會種植百花。

③

**蓋亞**

族群：神族

特別技能：補天煉石

蓋亞為了補天，煉了三萬六千五百零一塊石頭，用了三萬六千五百塊，剩下了一塊未用，如今仍然在治煉，是最重要的神石。

④

**少典**

族群：神族

特別技能：廣泛

少典是壁土國的國君，與生俱來，就是高人一等，世襲財富和神力，掌握人世間的命脈。他的皇后因附寶的出現，而帶着幼子離宮。現在玉城堡裏只有附寶皇妃和一位太子。

⑤ **附寶**

族群：人類

特別技能：呼喚雷電

玉城堡裏唯一的女主人，少典的皇妃，一直想盡方法，令自己的皇子，成為皇位繼承人。包括鞏固自己在玉城池的力量，悄悄籠絡其他大臣。

⑥ **太子**

族群：神族

特別技能：未有

太子是壁土國的繼承人，在他的分類中，沒有朋友。當他找到自己熱愛的人事物時，一定全身投入，不給自己退讓的餘地。愛這麼強烈，由愛轉恨轉冷酷的能量，也非常強烈。有寧可負天下人，也不願天下人負我的特質。

⑦ **大祭司**

族群：魔族

特別技能：廣泛

魔族的首領，在魔窟一帶出沒，能將許多可憐人類或野獸的靈魂勾出，還將他們束縛在一種屍體的傀儡上，再操縱成為亡靈大軍，守護魔窟。

⑧ **奇龍**

族群：獸族

特別技能：廣泛

馬腹族群首領，最著名的一位英雄，擅長醫藥、音樂、卜筮、狩獵和各種各樣的知識。在他手中教導出來過的高徒，不計其數。不僅如此，奇龍還在神族的祝福下，擁有永生不死的力量。而

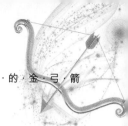

且，他能將自己的長生不死能力轉讓給別人。

⑨ **雷武**

族群：獸族

特別技能：征戰

馬腹族群中最出色的戰士，擁有高超戰技，性格衝動莽撞，但臣服於奇龍。

⑩ **佛諾**

族群：獸族

特別技能：讀心術

溫文儒雅的馬腹，喜歡研究大自然的各種事物，擁有出色戰技。

# 第一章

## 炎

這一天，雖然後來證明是火火人生的轉捩點；但一開始就和往常任何一天無異。

破曉前一個小時，一如以往，火火很早便甦醒。他躺在黑暗中，傾聽木屋上方樓板傳來的格格聲響。有一位年老目盲的男人西羅，正做着三十年來相同的事——他要下樓來準備早餐。火火翻身下了乾草床墊去洗臉，這是二月的第一天，仍然有點冷。

在這個小丘上，西羅擁有一間兩層高的木房子，住所側面對着神廟，另一側是一片農田。雖然每天爬上住所二樓相當費力，但是在上去之後，從小窗便得以享受頗為寬廣的視野，隔着煙霧迷濛的山谷，隱約可以看到百里之外，那些雄偉的神廟。箔金國是沿着大河發展起來的，河中有一座船形的島嶼，在河岸邊有七座山丘：帕拉提諾、阿文提諾、卡比托利歐、奎利那雷、維米那勒、埃斯奎利諾和西里歐。山上各有城主，因此，箔金國也被稱為

「七丘之城」。七丘海岸險峻，中央的大島帕拉提諾，有寬闊肥沃平原。大島十分富裕繁華，有王宮和壯麗神殿。神殿是以黃金、白銀和象牙裝飾。島上的所有建築物都以當地開鑿的大理石、黑曜石和紅榴石建造，美麗壯觀。統治這座廣大島嶼的神，是以盟主身份成為王中之王。他的宮殿由黃金牆根及白銀牆壁的圍牆所圍繞，金碧輝煌。

這些一切一切，都是途經這小村的士兵告訴西羅。他，從未離開這棟房子。老人家健康不佳，年輕的時候沒有出去闖闖，現在幾乎都只能待在鄉下。西羅瞇着看不見東西的眼睛，熟練地在灶火上燒水，房子裏僅有的家具是一個餐具櫃，櫃子上放着一缽鷹嘴豆。火火説：「我出去搬些柴枝進來。」這是西羅唯一准許他做的事。他並不是他的兒子，但西羅卻待他如家人一般仁慈。甚至，對他忠實的同伴——佛諾，同樣照顧。也許，是因為老人家太寂寞。

躲在屋頂的貓頭鷹，很用力拍拍自己的翼，便又閉上眼睛。佛諾被牠吵醒，伸手將自己所居住這木欄柵裏的簾子拉開。他閃爍着澄明的眼睛，看向穿過樹林間，第一線金色陽光。佛諾的師傅——奇龍，臨死前用心良苦，將他的神力隱藏到海角天涯，叫火火到西方尋找。他的目的，是想火火在羽翼已豐之時，才獲得不朽的力量。佛諾和火火千里迢迢從燈火國來到箔金國，在這裏住下了一陣子，只因為難以抗拒柏爾古薩湖的美麗。群山圍繞的一泓清池，吸引了他們的目光，恍若是個遺世獨立的仙境。他認定，火火在這個充滿靈氣的地方修習，最為適合。

佛諾是壁土國的馬腹，擁有人類的上半身，下半身則是駿馬的野獸。一看而知，是勇猛善戰的戰士。馬腹可以快速追擊敵人，也擁有百步穿楊的神技。而且，由於他們和大自然之間的緊密聯繫，多半受到森林之神庇護。而據他所知，世界各地也有馬腹，擁有比他們更為強烈的種族優越感：他們認為人類只是身體殘缺的怪物。然而，身為人類，火火是一個奇蹟。他不但獲得馬腹族群的信任，而且，更獲得馬腹領袖奇龍的欽賜，把專屬的神力留給了他。然而，天下諸神諸魔，都想得到奇龍不朽法力。追尋這種神力，很可能成為火火的催命符。

火火身軀比較瘦弱，四肢不勤，習武並不適合。佛諾覺得，應該訓練火火成為一個精通箭術的人。他帶火火來到樹林，一點一點教他射箭。火火雖然在山野長大，過去在狩獵時也曾使用「箭」，但用於作戰，深知要求應該更高。

佛諾教他在練習時候，首先要集中精神，等待時機，然後才射出箭。射箭的準確度，建基於一連串動作。先要兩腳踏開，站好位置。繼而穩住上身，擺好姿勢。起弓搭箭，手指扣弦。舉起弓箭，雙手保持水平拉弓。集中精神，瞄準目標去醞釀時機。當感到氣勢和力量到達頂點時，自然放箭。

「最重要的是：射箭後要保持姿勢數秒，調整呼吸。」佛諾把弓箭交給他：「弓箭不但是武器，亦能修煉身心。」

對火火來說，最難的，是一邊騎馬一邊射箭。火火要騎着飛跑的佛諾，拉弓射箭，每一次都感到非常緊張。相反，令他最舒心的事，是練習了一大個半天，回到田裏。從小精通農務的火火，趁着西羅午睡，會偷偷在田裏幫忙照顧農作。他知道要種些甚麼香草來除蟲，也知道放甚麼到泥土裏可以令植物生長得更好。甚至，他會用鳥語告訴附近的雀兒哪裏有美味野果，而不要啄食西羅的收成。

這天黃昏，他想找點奇草。早上他出門前，看見西羅搓揉着發紅的手，火火給他敷了草藥。但，他最想幫他醫治眼睛。記得，他原住的甘棗山，被稱為神木森林。山下有一種草，有像葵菜一樣的莖幹，杏樹一樣的葉子，開黃色的花朵，而結帶莢的果實，名稱是籜，吃了它可以治癒眼睛昏花。可是，這裏是西方，沒有中土的植物。他曾經記得，甘棗山最具智慧的蓋亞女神説過，世上有一種草，形狀像蒼朮或白朮，開白色花結黑色果，果實的光澤就像野葡萄，服用了它就能使人的眼睛明亮。他決定，在入黑之前走進樹林找找看。

綿延無盡的山丘，紫藍色的天空上，雲霞層次分明，點綴錯落的田野。沿途樹林還未發芽，風吹魔法動，枝椏晃搖，轉一個彎，漫山遍野的蕨類植物把山谷染成啡紅，加上雲霧飄浮，如仙境當前。柏爾古薩湖波平如鏡的倒影，令人分不出真假森林，火火寫意地遠觀兩岸排排高樹，一時腳踏濕潤的黑泥，一時大步走過佈滿青苔的長溪，霧水令瘴氣更濃。

湖泊如魔鏡，加上向晚凄色，遠山渺渺，彷彿夢中風景，煙霧濛濛，如同癡迷幻境。湖面上吹來一陣風，輕輕吹拂着火火的臉。他彷彿聽到一些聲音，一種虛空的旋律。

「我……」「我……」很輕很輕，像羽毛一樣的女聲。

火火就這麼呆了，怔怔立於湖畔，良久良久。

湖面的霧色縈迴，彷彿勾勒出深邃的眼睛。不，不只是一雙眼睛，而是一張臉龐，一張少女的臉龐。在濃霧瀰漫的虛幻世界，疏離遺世的少女守着孤寂，在冉冉湖面靜默等待。

深幽的聲調，暗流烘托下，火火終於聽清楚。「救我……」

他心神一震，慌忙後退。

火火指着半透明的她：「你是誰？」

浮游在湖面霧色中的少女，睜着靈動的綠眼珠：「你是誰？」

「你看得見我？」她的眼睛左顧右盼。

火火皺眉：「難道，你看不見我？」

「我只聽見你，卻看不見你。」

徹骨的冰冷從火火的腳跟爬上脊樑，他雖然見慣山野光怪陸離，但如今面對女鬼，實在是第一次。

他深深吸一口氣：「你到底是誰？」少女的胸前帶着一顆五彩珠。

少女目光放空，低聲說：「普羅瑟萍娜。」少女的銀髮飄蕩在嬝嬝氤氳之上，一時間，火火分不出那些是她的長髮，那些是湖面的薄霧……

他內心的恐懼升上了極點。

# 第二章 西羅

「西方箔金國有一位王，叫金弓匪王，據說他是個精通箭術的神偷，手持一張神弓，射遍天下。即便身處萬人之上，但他卻熱衷於劫掠他的臣民。每到夜晚，便會微服到城鄉。雖然沒有人見過他的樣子，但被劫者都見過他的黃金神弓。他劫富而不濟貧，每次行動後他都會將所有的偷盜之物歸為己有。人們慨嘆：沒有比匪王更快的弓，也沒有比他更貪婪的人。」在這所小小的木房子裏，瞎眼的西羅一邊聽着佛諾修理火火的弓箭，一邊說。

他知道佛諾訓練火火，知道小伙子的技術太稚嫩。所以，當佛諾正苦惱如何令火火進步，他不期然想起這個在西方國家最厲害的人。

「直覺告訴我，火火有箭術天份，他有一種異於常人的耐性和冷靜。或許，他需要一些實戰經驗。」佛諾抬起閃爍的眼睛，看向漆黑夜空。

「奇怪，已經這麼晚，為甚麼不見他回來？」西羅緩緩彎腰，朝火爐加了一把柴草。

就在這時，窗外有急速而猛烈的撞擊聲，啪啪——啪啪——

佛諾警覺地站起身，示意西羅躲到樓梯下的暗處。

他小心翼翼打開窗，霍一聲，體形龐大，渾身雪白的影子，直撲他跟前。他閃避了一下，定睛便怪叫：「是你？貓頭鷹——」

牠是蜜涅瓦的貓頭鷹，是蜜涅瓦留給自己好朋友的嚮導。雖說是與火火和佛諾結伴一夥，但總是神出鬼沒。牠十分機靈，而且忠勇無比。

「很少見你如此慌張。」佛諾說。貓頭鷹眼中充滿徬徨：「火火。」

躲在樓梯下的西羅探出耳朵，問佛諾：「你和牠說話？怎麼……我一句也聽不懂？」

「火火有事？」佛諾心裏焦急，匆匆回答：「只有神族可以聽懂鳥語。」他正要跟隨貓頭鷹奪門而出，老人家問：「可否帶我去看看？」佛諾心想：事出突然，也許有一個本地人會比較好。二話不說，便把他扛上馬背。「抓穩。」

西羅在鄉村習慣騎牛騎馬，不怕顛簸。反而，是第一次聽見能夠和鳥類對答的情景，腦海裏浮現一個問號——如此一來，分明是一個平凡人類的火火，又是否懂得鳥語？

佛諾追趕在貓頭鷹的銀色羽翼下，穿越樹林，來到柏爾古薩湖的旁邊。但見貓頭鷹在一株橡樹頂方徘徊不去，不斷拍翼。佛諾放慢腳步，動手撥開擋路的樹枝。這地方應該很久沒有人來過，火火為甚麼在這裏？

在濃密如傘的樹冠之下，在大量板根及氣根之間，火火閉上了眼，全無氣息一般躺於橡樹寬大如掌的落葉之上。

佛諾一把將他抱起，當他感受到火火的鼻息和體溫，才重重吁一口氣。西羅手腳不太靈光下馬，跌跌撞撞挨近他。「讓我摸摸他的手。」

佛諾把火火的手交給他，西羅反覆摸了他的掌心，又把他的手腕貼近耳朵，停留了一會。佛諾問：「你在做甚麼？」西羅答：「我在傾聽他的脈音。」佛諾從未聽過有脈音，但見他全神貫注，實在不容懷疑。

「沒事，他應該是昏睡了而已。」西羅用指頭，重重在火火的鼻孔下方按壓了一下。手起之際，火火立時張開眼簾。火火雙目空洞，出神地定睛，彷彿無視眼前一切。

「火火？」佛諾叫了一聲，火火才回神。「你們怎在這裏？」

「該是我們問你才對。」

火火猛地跳起：「看見嗎？你看見嗎？」

「看見甚麼？」佛諾環顧一遍四周，搖搖頭。

「一個少女。」火火腦海裏浮現那濃霧瀰漫中的少女，她眼睛裏的深邃。

佛諾看向貓頭鷹，貓頭鷹飛下來停在火火的肩膀：「剛才，我只看見你。沒有其他人。」火火惶惑地敲敲自己的腦殼，莫非……只是一個夢？一定是，一定是。「剛才太累，我在樹下睡着了，做了奇怪的夢。」

西羅沉色：「你的夢，想必是過於真實，才令你心悸至昏厥。」眾人一愕，西羅說：「我在你的脈音中，聽出你內心經歷突如其來的懼怕，以至心悸，血氣不暢，所以才會不省人事。」火火聽得出神，方才知道眼前的老人家並非普通農民，而是懂醫術之人。

「夢中的人，的確太可怕。」火火渾身感到顫慄：「如果不是夢，想必是一個少女的鬼魂，她還佩戴着一顆五彩珠。」

「少女的鬼魂？」西羅忽然皺一下眉心：「她有沒有告訴你她的名字？」火火點頭：「有，她叫——普羅瑟萍娜。」

頃刻，西羅全身的血液彷彿凝固，他連呼吸都幾乎停頓。佛諾看在眼裏，難以想像有甚麼可以令這位飽經風雨的老人，如此激動。

「多少年了，我再沒有聽見這名字。」他長年乾燥的眼角，忽然冒出濕潤的淚珠。

火火的內心冒升極致的不安——他以為是夢境中的人，卻竟是真實？此刻的害怕，比剛才看見湖中的少女更甚。「我這雙眼睛，正是因為她而盲掉。」西羅嘶啞地説。

「我帶你們去一個地方。」他囑咐佛諾，揹他們回到村裏。在木房子的對面，有一個神殿；西羅領他們進去。「神殿沒有守門人？」佛諾問。「我就是守着這裏一生一世的人。」

走進神殿，四壁淨白。殿中有一個木像，雕工精緻。木雕神像大氣磅礴，如真人大小，頭像莊嚴肅穆，不失慈祥寬厚，高鼻深目，寬額長眉，栩栩如生，刻紋流暢，造型與神態都十分生動傳神。

「這是誰的神殿？」火火看着這個女像，但覺和湖中的少女有幾分相像。

「農神切蕾蕾。五年前，她的女兒普羅瑟萍娜，在柏爾古薩湖，被冥王普魯多強行擄走了。」

火火幾乎不能相信自己的耳朵。湖裏的女鬼，原來是農神的女兒？

佛諾看着西羅一臉哀慟，問：「你和她們有甚麼關係？為何如此悲傷？」西羅抱着木像，泣不成聲。

# 第三章 太子

玉城池的形狀就像一個堆滿高塔的粗糙矩形，築在兩座峻嶺之間，主要分為四個庭院及後宮，主軸由南至北。第一庭院是最容易到達的，最深處的庭院及後宮最難以接近。這些庭院都受到高牆及閘門阻隔，庭院與庭院之間尚有多個中小型庭院。玉城池西面及北面是御花園，有一些小行宮及亭樓。

玉城池是壁土國君主少典的皇宮，還是神族的居所。皇宮的進出受到嚴格限制，宮內的人都不敢貿然出宮。玉城堡就像一個獨立存在的帝國，一個城中城。宮內用作謁見及議論的殿堂是帝國處理政務的地方。宮內透過地下水槽供水，又設有御膳房提供日常食物。宮內的倉庫、圖書館、花園及祭殿用作服務宮廷，宮內還有各種藝術家和工匠，為整個玉城堡製作了許多優秀作品。

嚴謹的宮廷儀式是玉城池日常生活守則，確保不受到外界影響。其中一個重要戒律，是除了神族，其他人類不得在內庭私下言談。隔絕神族與外界聯繫，這一原則大概是來自君主少典的多疑。他甚至撰寫法典，該法典將宮廷人員的職責高低、行政階層及禮節系統化，同時，亦嚴禁人類和神族往來。少典的家人在宮內享有最大的私隱和行動自由，他亦大量建造秘密通道來達到這目的。

最深處的庭院裏有雙子亭樓，或稱太子宮，由兩個宮殿組成。雙子亭樓只有一層高，建在高台上，創造開揚的視野，但相反，從玉城堡外望向雙子宮，則會被遮擋。

太子宮內有兩個房間，天花呈圓錐形，由花巧磚塊砌成，地上鋪上絨氈，宮內並沒有奢華傢具，牆邊放置了木製大床。另一個房間裏，有壁爐，裏面放置了一張很大的書桌，窗戶以珠質木片拼花工藝修飾。從玻璃窗看出去，可以看到露台之下的花園。太子及其他神族兒子，在這裏接受帝國的宮廷訓練，直至成年，就會被送往壁土國的其他省份，接受國家事務的管理訓練。

除了練武，太子也喜歡唸書。人類的世界沒有文字，所以難以承傳智慧。神族的世界早就有文字，記載這個神界的歷史。內廷藏書館表面以大理石所建，藏書館有四條長度相當的通道，構成十字，中間是一個圓拱形的廳堂，有三個矩形的隔間。十字通道的其中一條路連接大門，可透過兩邊的樓梯到達大門。中間拱形廳堂之下有一個精巧的飲用噴泉，四邊都有壁龕。藏書館有地下室，以免珍貴典籍沾上濕氣，書籍都放在櫃子裏。館內主要收藏法令及神界的著作，收藏了過千份手稿，有些更鑲嵌了珠寶及象牙。每一天，他都在這裏上金太傅的課。

太子在這裏生活，不與外界聯絡。他第一次可以接觸玉城堡以外的世界，正是數個月前的一次歷險。感覺是歷險，卻本是一場父皇交託的征戰。他亦在那場戰事，遇見一個難以解讀的男生，和一個機靈善辯的女子。他從未認識這樣的人類；在皇宮裏的人類，不論家臣還是朝臣，都對他唯唯諾諾，低着頭不說話。

因為急於要令水源重生，他們從南方燈火國的甘泉殿借一勺水。蜜涅瓦不但聰敏，而且懂得鳥語。她用一塊火紅色的彩石叫喚了一隻鳳凰。這種叫做鳳凰的鳥，生活自然從容，常常是獨唱獨舞，一出現天下就會太平。牠很會挑主人，卻居然肯蹲身讓蜜涅瓦坐上牠的背。她把太子先送回來玉城池，便急着把甘泉送回萬物之源的甘棗山。

在吉兆之門，他看着鳳凰一躍飛上藍天，拖着尾巴，直奔遠山，劃破長空，留下七色彩雲。太子向着遠方問：「蜜涅瓦，我們還會再見嗎？」她沒有回眸，大概是聽不見。

太子走進位於吉兆之門後方的覲見殿，這廳殿遮擋着第三庭院。方形的建築物由二十四支圓柱組成的柱廊環繞在外，支撐着有懸簷的大屋頂。內裏有一圓頂狀的房間，還有兩個相接、較細小的房間。他的母后附寶從第三庭院，曳着絲絨披風直奔而來：「是你嗎？皇兒，我就知道是你！」少典國君走在她身後，一臉淡然。

「我見天上有祥雲，還有鳳凰。皇兒，你做了甚麼大好事？」附寶有點誇張地把雙手張開。少典看在眼裏，卻不作聲，只問道：「馬腹的事解決了？」太子點頭，告訴父皇，馬腹作亂是因為水源乾涸，因而他前往燈火國取甘泉。「甘泉在哪？我要馬上命人帶上甘棗山。」少典說。

太子指一指天空：「我遇見一位叫蜜涅瓦的女生，她騎乘鳳凰把甘泉送去了。」少典一愣：「騎乘鳳凰的女生？看來不是普通人。你是如何把這事辦妥？」太子正欲把所有事和盤托出，轉念間止住。

他不能告訴父皇有其他助力。他於是說自己安定了馬腹一族在森林居住下來，接着單人匹馬闖關，在甘泉殿大敗九頭蛇魔，並由蜜涅瓦的鳳凰護送回來。當中，他刻意隱瞞了火火的事。

這些年來，他一直全力以赴，正是想獲取父皇的信任。如果他知道自己不是單獨完成任務，可能會非常失望。再者，火火和自己的年紀太接近，太子對他不免有一重防範，總覺得被父皇知道他的存在，會刻意比較。

少典半信半疑，附寶見狀，扭着婀娜的腰肢，用手圍抱他的胳膊：「看我們的兒子如此有本領，嗯？」少典冷不防被她一摟，紅着臉：「皇后，這裏是覲見殿……」附寶放開手：「你就是如此一板一眼。」少典見她生氣，在她耳邊悄聲說：「今晚……你再罰我。」

太子看着二人根本沒有把自己的功勞記在心上，有點洩氣，拂袖而去。少典厲聲：「你這是甚麼態度？你是神族的太子，要有氣度！做這點小事就想在我面前邀功？我告訴你，這是你應該做到的。」太子止住腳步，卻沒有回頭。附寶馬上打圓場：「皇兒舟車勞頓，大概累了。快回太子宮休息吧。」

從那天起，每次看見如今日一樣的藍天，太子便會想起和蜜涅瓦一起自由自在的旅程。此時，他記起覲見殿那一幕，然後暗自深深嘆一口氣。他不明白，父皇和他之間為甚麼不能像尋常父子？他對自己，總是若即若離。他不是沒有用功，但父皇要求更多。他不是不順從，但父皇總是不信任。莫非，如金太傅所説，總是怕我有一天會謀朝篡位。

無論皇位最終是否落在自己手裏，父皇是否想永遠大權在握；其實，都不重要。他想要的，並非這些。

「皇兒不是練劍嗎？想甚麼想得出神？」附寶走到太子宮外的花園。「母后。」太子躬身。附寶問：「孩子，你有沒有話想告訴我？」太子歪着頭：「例如？」

附寶揚眉，目光冷洌，和在少典面前的秋水伊人完全兩樣：「除了那個叫蜜涅瓦的女孩，你是否見過其他人？」

「我……」太子惘然。「都是普通人。」「如果真是平平無奇，我何需要派人沿途保護你？」母后有派人保護自己？太子追憶着他所見過的每一個人，可是，他們都不像皇后派遣的人。「皇兒，這是你第一次向我隱藏。」「母后，我並非這個意思。你，派了誰來？」太子着急起來，他的一刻猶豫，不過是怕她會把自己並不如想像中英勇的事，告訴了父皇。

附寶揚手：「算了吧，你不用知道太多。你只要安全，然後，登上帝位就可以。」她氣沖沖離開花園，走進御膳房。狹長的御膳房是皇宮的一個重要特色，這裏有兩排二十座的煙囱，由十座房子組成：皇家御膳房、內廷、外廷、後宮、飲料廚房、穀糧廚房、乳製品廚房、倉庫及廚師房間。整個玉城池、後宮、內廷、外廷享用的食物，全部由這裏製作，供應約四千人的飲食需求。要到這裏，必須通過三道門：軍需部的門口、皇家御膳房的門口及糕點御膳房的門口。

附寶在御膳房外暗處，召見使女：「去，看看蜜涅瓦到底是甚麼來歷。一個可以使喚鳳凰的女生，絕不簡單。要看看，她用甚麼妖法令我兒向我説謊。」説罷，使女立即轉身向着軍需部的門口離開。

# 第四章

## 火火

當晚火火的第一個任務，便是要先吃西羅煮的一碗佐鯷魚醬汁的白煮蛋，等到他吃完，接着就是一盤炭烤紅肉，加上一杯羊奶。「你得吃得壯一點，年輕人。」西羅告訴他：「纖弱的蘆葦無法發出有力的聲音。」火火瞪着在旁邊的佛諾，但仍順從地咀嚼，直到盤底朝天。當天晚上，西羅把自己的手腕貼近火火的耳朵，教他傾聽脈音。「你要能自理好健康，才能走得更遠。」

破曉時刻，體能訓練開始，西羅從樓下大叫：「要有好箭術，需要耐力與體力。」火火才走出草地，佛諾已經在等他。佛諾要他雙腳分開站立，膝蓋挺直，然後彎腰朝左右腳邊碰地各五十次。之後，佛諾命火火平躺，雙手交扣在頭後方，雙腿不動反覆坐起。然後，又讓他俯趴，只以雙臂的力量撐起身體，同樣是五十次，也同樣不得彎曲膝蓋。這就是第一天的操練份量，往後每天都有更多的訓練，並逐日延長訓練時間。火火每天都沉沉入睡，而且西羅煮再多的飯菜，他也可以吃下。

這一切改變，皆是從那天晚上，三人從神殿回來之後發生。

二十年前，遊子西羅和農神切蕾蕾，在柏爾古薩湖畔邂逅，一見鍾情。兩人在這裏開墾土地，教化村民，農作物豐收，田野阡陌。他們的女兒普羅瑟萍娜，在柏爾古薩湖畔成長，亭亭玉立，承襲切蕾蕾的美麗，成為箔金國最漂亮的少女。然而，美麗的代價，是被冥王普魯多看上了。有一天，當普羅瑟萍娜如常在湖畔梳洗，普魯多突然施法，把她強行擄走了。湖邊的漁民看見，馬上告訴西羅和切蕾蕾。

切蕾蕾用神力探知到普羅瑟萍娜被帶到冥王的烈焰迷宮，因此非常憤怒，決定要前往尋找愛女。然而，她卻從此一去不返。西羅一時間失去了兩個最心愛的人，傷心欲絕，每天以淚洗臉，結果幾乎哭盲了雙眼。他用僅存的視力，雕刻愛妻的神像，希望她獲得村民膜拜，亦同時獲得力量。在神像完成之時，他的雙眼亦徹底失明了。

當火火聽到「烈焰迷宮」這四個字，腦海不期然浮現起充滿火舌的場面。西羅說：「它是層狀火山，會噴出威脅性很強的東西。裂縫中汩汩流出紅色的河流，頂部會噴出移動速度很快，由灰燼、石頭碎片和濃煙混雜而成的熱流。熱流溫度很高，如果有人經過它的移動路徑上，很難逃過一劫。一旦下起大雨，雨水挾帶着岩石碎屑將會形成泥流，就會促成大洪水，吞沒所有行經的村落。切蕾蕾曾經說過，那片土地充斥着黑魔法，如果人類太接近，會陷入昏厥迷陣。」

佛諾拍拍他的肩膀：「所以，你只能在這裏守候她們回來。」西羅嘆一口氣：「我只是凡人，你們卻是神。」火火說：「我才不是，我是很普通的人類。」西羅語氣帶點激動：「你不要退縮了！我天天在湖畔，卻從未見過普羅瑟萍娜。你不但看見她，而且還可以和她說話。你，絕不是普通人。」

火火為難地看了看佛諾，佛諾卻點頭：「我覺得，你應該要幫忙。」西羅合十：「她不是叫你救她嗎？」

火火嘀咕：「但我只看見她的鬼魂……或許，她已經不在人世。」

「不，她必定尚在人間。無論是生是死，我想得到一個明白。」西羅緊閉着雙眼，眼角皺紋裏隱現深深的傷感。

想起普羅瑟萍娜的臉，那悵惘的眼神，不知哪裏來的勇氣，火火衝口而出：「或許……我可以試試。」西羅激動得雙頰通紅，但當他用力握緊火火雙手的一剎，火火馬上後悔了。

「冥王住在烈焰迷宮？他有黑魔法？」火火向佛諾追問。佛諾聳聳肩：「我對烈焰迷宮的事知道得很少。或許……我們派貓頭鷹去探聽？」

貓頭鷹知道自己將有任務，拍着強而有力的羽翼在神殿上空盤旋。火火抬頭：「烈焰迷宮很危險，你不怕？」貓頭鷹二話不說，便飛向銀白如鐵鈎的月亮。佛諾忍着笑。那天，火火的臉，漲紅得像西羅家裏烘爐的赤炭。然而，他並不知道，貓頭鷹並沒有到烈焰迷宮，而是去了找另一個人。

之後很多個晚上，火火回到柏爾古薩湖湖畔，卻沒有再看見普羅瑟萍娜。不過，他時常記起，少女的胸前戴着一顆五彩珠。五彩珠閃爍如貓眼，他雖然不懂珍寶，但卻念念不忘。

這一天清晨，在操練之前，佛諾走到火火跟前，作勢以拳頭攻擊，火火叫了一聲：「噢——」踉蹌後退，差點跌倒。佛諾皺眉：「我教你這些簡單的拳腳功夫已經半個月，你到底學了些甚麼？」

火火垂下臉：「我早就説自己沒有武學天份。」佛諾嘆氣：「如果你連這些基本防衛也做不來，如何可以在緊張時刻自保，再抓住機會以箭術反擊？」他心裏不自覺冒升一點猶豫——到底奇龍是否看錯了人？為甚麼打算將畢生的神力傳授給這個懦弱小伙子？

「這樣吧，我們來對決。」佛諾想試探他。「這樣吧，我們來對決。」

火火幾乎以為自己聽錯了：「你武功超群，第一掌就可以把我打死。」

他向後退了幾步。佛諾淡淡地回答：「你甚麼時候聽我戲言？來，我讓你，雙手交臂不動，不用手接你的箭。」火火想一想，佛諾雖然外表是謙謙君子，但他個性固執，一旦決定了的事，絕不妥協。佛諾微笑：「你知道就好。」火火扺一下嘴說：「最討厭馬腹你們這種能讀心的本領，甚麼也瞞不了你。」

佛諾邁開闊步，張開手臂，示意他開始。火火拿起彎弓，認真地瞄向他。火火皺眉：「我真的放箭了……」佛諾仰臉。火火半瞇着眼，對準他放箭——他知道，他一定能避開。「啾——」佛諾略略挪移一寸，箭頭在他的睫毛前擦過。

佛諾微笑：「不錯。」他跑近叢林裏，躲在樹影之間。火火追着跑，卻不見他蹤影。「在這。」是佛諾的聲音。他向前跑進森林。這時，火火看見眼前有一個黑影，立刻上前，瞄準暗處，鬆手放箭。

「啾——」放了空箭。他沮喪地垂下手，電光石火間，一陣光影向他撲來，他及時閃避，一支箭頭擦過他的髮鬢，劃了一道淺淺的血痕。

「佛諾！」火火向暗影大叫：「我們不是說好了你不會動手？」他用手按着自己的左頰。

這時，佛諾在火火身後出現：「發生甚麼事？」火火詫異地回頭：「你原來在叢林的這邊……如此說來，前面向我發箭的是誰？」他們馬上看向前方的暗影，但見樹影幢幢，兩人放輕腳步靠近，火火用彎弓猛地撥開草叢——甚麼也沒有。

此時，另一道箭風從上而來，瞬間，佛諾用力推開火火，兩人連滾帶跌，彈出幾步之外。這時，躺在地上的他們，清楚地看見站在樹梢上的這個人。他是一個成熟俊逸的男人，有一雙堅實的臂膀，臉上蒙着黑布，一身戰士打扮，高高站在樹上，正準備再次瞄準他們發箭。

「是誰？」火火按着剛剛墜地碰傷的左膝，動彈不得，驚懼地瞪視箭頭後方，這雙目光如炬的眼睛。他心裏暗想：是要對付我的？

# 第五章

## 蜜涅瓦

蜜涅瓦走進神殿，把森林裏的樹枝採集交給蓋亞，讓她在火壇前繼續她的作業。她皺起眼角那深刻的皺紋，在火壇的大鍋上煉石。這是蓋亞最喜歡做的事，一門已經做了上千年的學問。

「我上次用了一塊火紅彩石救你，你要勤快一點，幫忙添柴燒火，再煉石。」蓋亞敲一敲蜜涅瓦的頭皮。蜜涅瓦縮了一下，一邊向鍋裏加水一邊說：「若非我和火火依從你的指示，去南方找甘泉，也許……」蜜涅瓦還是硬生生把最後一句「我用不着火紅彩石」這句吞回肚子裏。

蓋亞是甘棗山的女神，地位超然，就連玉城池那邊的神族，也不敢來干涉她。她喜歡蜜涅瓦的安靜，所以，她才把這位自小被送來山上當「神的僕人」的小女生，當成孫女一般撫養，還教懂她鳥語。

「不知道那傻小子，現在如何……」蜜涅瓦自言自語。回到甘棗山之後，她很不習慣沒有了這位從小與她生活的同伴。她多麼懊悔留下了貓頭鷹給他，現在，連想找個對象聽她說說話也沒有。

蓋亞淡淡回答：「火火他過得很好，正在修習箭術。」蜜涅瓦瞪大眼睛：「你怎麼知道——不，你一定知道，你是法力無邊的女神。」蓋亞微笑。

蜜涅瓦走出神殿，看着渾圓的月亮。她是個夜貓子，憑藉月光，走在樹林裏。火火教過她，山上有種樹木，莖幹是方形的而葉子是圓形的，開黃色花而花瓣上有絨毛，果實像棟樹結的果實，人服用它可以增強記憶而過目不忘。她自小便習慣把這種果實當小吃，因為，她怕漸漸忘記父母的樣子。但自從上次她久別重臨家鄉燈火國之後，她才知道自己的父母已經不在人世。她口中咀嚼着果子，攀上岩石，靠近峭壁中間的一個洞穴。

「你又來了？」蜜涅瓦才踏穩腳步，一把溫柔的女聲從洞穴中傳來。她的聲音在山洞裏空轉，柔弱得叫人一聽，就等着心碎。火火曾囑咐蜜涅瓦，要好好照顧，這位被囚禁的女人。

「我帶了食物給你。」第二次來這地方的蜜涅瓦，拿出剛烘熟的木薯。女人有一雙清澈的眼瞳，彷彿能看進人們靈魂深處的眼瞳。她微笑：「其實，你無需專誠來做這些事。我在這裏超過十年，吃的喝的附近都有，我可以自己找。」

「我就是不明白，為甚麼你要在這裏？到底是有人不讓你走，還是你自己不願意出去？」蜜涅瓦第一次來的時候，也問了相同問題。

女人的眼神望向遙遠而又觸手不及的森林彼端。「如果我可以返回那一天，帶他離開，你說，該有多好？」

蜜涅瓦抱着膝蓋坐下來：「是一位失散的戀人？」女人用指尖細細地剝掉木薯的外皮，溫熱的氣息令她彷彿回過元神：「嗯，他是我最重要的人。既然他已經離世，我的生命尚有何意義？」女人把它掰開，分一半給她。

蜜涅瓦雙手捧着木薯，猜測：「他葬在這裏？」女人搖搖頭：「我來到的時候，已經是事發之後很久很久。我唯一能做的，是在這地方守一輩子，守住他的靈魂。」

「火火之前跟我說，你曾經失聰。」

已經過了一段很長很長的歲月了。自從被人趕盡殺絕，她留在這地方一直無人問津。她曾經以為，再也不會看見其他人。直至火火偶然出現，他治好了她因為意外而受傷的聽覺，更重要是，他對她的關懷，真誠得令人動容。女人揚眉：「對了，他去了哪裏？」

「馬腹首領奇龍死前指定他繼承他的力量，放進一顆會飛的五彩天珠裏。火火必須要遊歷一段日子，尋找那顆擁有力量的明珠。」女人一邊聽着，一邊皺眉。奇龍是馬腹族群中最強的武士，集睿智和武藝於一人，而且受神族庇佑，賜他不死永生。是誰令他離世？他的力量是神族魔族都夢寐以求的東西，為甚麼他偏偏選中火火這小子去接收？女人的心中，升起揮之不去的疑慮。

她在這山洞禁足多年，本來是想避開世間的紛擾，根本沒有人要困住她；困住她自己的，是如死了的心。她記得，他與她青梅竹馬，曾經海誓山盟……

第一線曙光出現甘棗山地平線外，天上厚雲密佈，似乎正在醞釀一場風雨，令她的心頭更沉重。她想起那個晚上，從玉城而來的消息傳至附近的神農，她知道戰士們一定是為小孩而來。所以，她把小孩留在家裏，騎着白馬逃跑，佯裝帶着他，引開這班戰士。然而，當一大群戰士被她引到遙遠的高崗之際，她親眼看見在草原上的木房子，被熊熊火光吞噬，火屑沖天。她馬上回去，可惜，只看見灰燼。她忍着痛用手收拾燙紅的木頭，徘徊在燒成黑炭空框的房子，再在房子中央發現孩子的寶石手繩。孩子，根本不可能存活……她很後悔，當初應該抱着他走，一起逃難避禍。她吃了一株毒草，從此，不用再聽到外界靡音。

她從憎厭這個地方，到對它沒有感覺。內心百般愧疚和轉折，實不足為外人道。一切的一切，包括過去、現在和將來，都因沒有了孩子而失去應有的意義！她感到生命裏最珍貴的一段日子，已隨着那一夜的風暴雲散煙消。世間並沒有太多值得人留戀的東西，但接着而來的噩夢，更非一般人消受得起。

從空中突然而來，是一陣急快速的拍翼聲，打斷她起伏的思潮，從其沉重節奏，她察覺對方心內充滿惶惑和恐懼。

「貓頭鷹？」蜜涅瓦看向魚肚白的天際。「你為甚麼回來？」蜜涅瓦看見從小陪她長大的牠，乍驚又喜，但又同時擔心，有意想不到的事發生。

貓頭鷹告訴蜜涅瓦，火火要去烈焰迷宮的始末。當蜜涅瓦聽見，他是為尋找一位年輕女生而犯險，內心忽然有種前所未有的虛空。蜜涅瓦可以跟火火無話不談，可以不隱藏心底的秘密，可以跟他打打鬧鬧說說笑笑，甚至可以跟他同睡一室、可以跟他共飲一瓢水、共吃一盤菜，他們是一對可以交心的朋友。從小，他們的世界只有對方，也習慣了對方的存在。如今，忽然聽見他為了另一個女生冒險，內心但覺一種屬於自己的東西，被人分了去的感覺……

「火火是誰家的孩子？」女人問。

蜜涅瓦心緒不寧回答：「他是孤兒，四歲被人遺棄在甘棗山。」

女人眸子一亮，內心忽然升起莫大的撼動，心情卻是前所未有的清明。以火火的年紀，以他的天賦，加上他的身世，又能夠和鳥兒説話……

她此時有種深刻的認知：原來，是命運安排火火來找她。從他出生的時候開始，他就是她的責任了。

「去！他有危險，我們去找她。」女人站身，十五年來她第一次想離開這個洞穴。她向着森林縱身而下，像天仙下凡一般輕巧。蜜涅瓦爬下峭壁，追在她身後，問：「我們現在就去？」

女人優雅地點頭，恬淡嫣然。

# 第六章 蜜涅瓦

「你要吃一口嗎？」蜜涅瓦把剛剛採摘、外形像牛肝的菌類遞給女人。「它是火火發現的，叫它肉靈芝，神農族人後來叫它視肉。它有自身修復功能，割下一塊，幾天後長好，恢復如初。我們小時候最喜歡採集這個，食之不盡，吃了又重生。」

「是火火找到嗎？他真聰明。」女人接過手上的肉靈芝，珍而重之，把它放進嘴裏。蜜涅瓦忍不住發問：「你是否認識火火？你叫甚麼名字？」坐在樹下休息的女人，遙望驕傲地整理羽毛的鳳凰，鳳凰全身長有彩色羽毛、斑斕的外表、鳴聲悅耳，能給人添福。她目光放空，看着鳳凰沐浴在斜陽之中，高貴無比。「我叫女登。」她微笑：「至於其他，蜜涅瓦，請你暫且別問。」

貓頭鷹瞪眼看着女登，一臉不可置信。牠飛向蜜涅瓦，站在她伸出的瘦長手臂上，卻沒有告訴她甚麼。蜜涅瓦摸摸牠的頭：「在附近發現甚麼？」

貓頭鷹滾轉一下眼睛，說了一堆話。

「這附近有大量赤鷺和鴟——」蜜涅瓦正要把鳥語翻譯給女登。女登未等她說完，便接上：「鴟全身似翡翠，嘴喙火紅。牠們都生長在有火的地方，亦是著名的防火鳥。看來，這附近常有火災。」蜜涅瓦瞪目結舌：「你懂得鳥語？我可是用了數年才學懂的本事……」

女登沒有回應，徑自細細思量：「曾經聽人說過，西方盡處，是七丘海岸，中央是肥沃的大島。按道理，這裏不應該出現防火鳥。」她皺着眉頭，看向貓頭鷹：「我們還要走多久才到達火火住的地方？」貓頭鷹拍着強而有力的雙翼，向高空盤旋而上，其後又俯衝而下，停在樹梢頭。

「看來，就在前方不遠處。」蜜涅瓦向鳳凰招手，鳳凰拍動閃閃發光的翅膀，女登和她一起跨上鳳凰的背。

從童年時代開始，蜜涅瓦對夕陽與黃昏產生了一種奇特的感覺。別人是這個時候休息，她卻是這時才醒來。看到夕陽，它總能提醒她火火會為她帶來好吃的食物；看到夕陽，即使走到天涯海角，它和甘棗山上的夕陽一樣，帶來暖意。每當看到如詩如畫的夕照，蜜涅瓦總是會懶洋洋窩在被子裏，靜心欣賞這極為短暫的黃昏。

她有時會從窗戶看出去，看見在昏暗的門口坐着等她的火火，臉頰上有光和影組合，顯得非常美麗。「昏暗的門口」恰好是屋外的明亮與屋內的黑暗之間的「分界線」。夕陽西下，恰好是白晝與黑夜的過渡時間，是一天裏最美時刻。

如今迎着夕陽飛行，騰空中發現夕陽所帶來的暮色世界是如此美麗。陽光從腳下的雲朵反射回來，身邊的雲變幻着各種各樣的色彩與形狀，獨特、曼妙。下方是柔柔夕照在湖面上，波光粼粼，像灑下了一層碎金，湖面散發着幽幽光芒，讓人心神蕩漾。

夕陽西下，滿天紅霞，隱約可以看到百里之外，好些雄偉的神廟。火火是在前方吧？闊別多時，他還好嗎？

她們穿越煙霧迷濛的山谷，來到柏爾古薩湖畔。

皎潔的月色攀上天空，清風夾着草木蟲魚的氣息，如綴滿珠花的輕紗，鋪天蓋地而來。在明亮如鏡的泊子裏，站着一對羽毛如雪的白鷺。牠們一動不動，或許在這裏已經站立了一百年，一千年。雌鳥把頸擱在雄鳥背上，雄鳥彎頸回頭，深深的注視着雌鳥。好一對柔情蜜意的戀人，含情脈脈，磨磨蹭蹭。

恍恍惚惚，女登依稀記起了一雙眼睛，有人用同樣的眼神看過她。這男人曾經向她許了一生的愛，卻在最後放開了她的手。她的臉上沒帶一絲傷感，傷痕織成結疤的心，不怨不恨。

忽地，交頸的白鷺不知被誰驚擾了，張開大翅膀雙雙飛向月亮。西羅拖着蹣跚步伐，來到蜜涅瓦和女登跟前。「夜了，你們兩個女子，為甚麼在這裏？」蜜涅瓦瞪着他滯呆的雙眼，在他面前揚揚手説：「你看不見我們，怎知道是兩個女的……」這時西羅側耳，聽見她肩膀上貓頭鷹的咕嚕咕嚕，一臉疑竇，本能地向後退了兩步：「這是火火的貓頭鷹！你們是誰？」

蜜涅瓦驚訝的看着他，貓頭鷹向她耳語了幾句。蜜涅瓦把手輕輕放在他手背：「原來是照顧火火的大叔。別怕，我是火火的朋友。」

西羅吁一口氣，點點頭：「天色轉暗，你們和你們的大小二鳥，先一起跟我回家吧。」在旁的女登聽了，感到眼前這人實在非常聰敏，單憑鳳凰步行和拍翼的聲音，已經知道牠的體形與別不同。

森林的正中央，是一棟老屋，是西羅的房子。走進屋內，點起灶火，蜜涅瓦才發現眼前的西羅，是一個灰白頭髮、一身舊毛衣黑布長褲，卻在眼眸裏有一種月亮銀白的魅力。

「這座森林，曾經是充滿喜悅的森林，可以在長滿翠綠樹葉的樟樹旁發現喜悅；可以在清澈小溪旁的灰白石頭上發現喜悅；也可以在猿猴清脆的叫聲裏發現喜悅，不需要理由，就可以感到快樂，但在普羅瑟萍娜和她媽媽離開之後，甚麼都沒有了……」

女登看着他哀傷的神色，喃喃道：「火火這孩子，一定是因此才會答應幫你。」她用手掃掃木椅上的灰塵，優雅地坐下來。她幾乎從未到過鄉民住的房子，從前即使遷居到高原，也有侍從把居停照料得一塵不染。往後獨自住在崖上，亦有附近的小鳥忙不迭為她打掃，從未見過如此缺乏料理的木房子。

蜜涅瓦四周顧盼：「奇怪，怎麼不見火火和佛諾？」

西羅沒有回答，只是雙手合十，不停地向兩人作揖。「發生甚麼事？」

蜜涅瓦瞪眼。

西羅搖頭：「我也不知道詳情。數天前的早上，他們不辭而別。我想，大概是前往烈焰迷宮了吧？」那天早上，他以為兩人如常外出習武，但等到入夜，兩人亦沒有回來。西羅起初有點擔心，四出向附近的村民查問，有兩個人分別都曾看見他們已離開這個湖區，一行三人。

當他說到這裏，蜜涅瓦皺了一下眉頭：「三人？他們只有兩人，何來第三個人？」西羅唯唯諾諾：「對，當時我亦有此懷疑。只是，這事發生得太突然，我一個老頭，可以做甚麼？」

「怎會提前出發去了？」女登想起火火如此年輕，根本沒有可能憑一己之力救出被幽禁在烈焰迷宮的普羅瑟萍娜。

女登深沉地看着西羅，這人雖然不像普通農民平庸，但她從小閱人無數，很少看錯。從他剛才率直的神態和說話，她幾乎可以肯定他沒有說謊。否則只怪西羅太善於隱藏，連她也看不破……

蜜涅瓦本想馬上出發，但見鳳凰已經把臉埋在羽翼之下，連夜趕路，累得昏睡。「我們明早騎乘鳳凰而去，應該可以很快趕上。」

西羅動了一動耳朵，心裏怔住：這隻大鳥，就是鳳凰？牠是人間瑞鳥，天下太平的象徵，被認為是百鳥中最尊貴者，是鳥中之王，有「百鳥朝鳳」之說。這女孩能操控牠，實非等閒之輩。

# 第七章

## 火火

大樹上有一群鸚鵡正在樹梢吃紅花，一身亮綠，頂着紅點的腦袋，正拼命扯着那些紅花。花瓣散落在泥土上，在草地上，鳥兒嘎嘎叫，抖振彎曲的嘴篆，如泣如血。

在另一株樹上，一位臉上蒙着黑布，感覺上是比火火年長很多的男人，一身戰士打扮，很安靜地高高站在樹椏上，左手上的弓瞄準火火，右手把箭放在弦上拉開了……

「避開！」佛諾的叫聲驚擾了大樹上的鸚鵡，牠們惶然拍打羽翼，一哄而飛。登時，空中飄散落紅，擋住了年輕男子的視線。他猶豫了半秒，火火機靈地連翻帶滾，躲藏在幾步之遙的大葉灌木旁邊。

一晃眼，男人便不見了影蹤。佛諾三步拼作兩步擋在火火面前：「是誰？」火火搖頭，慌亂得差點想站身就逃，可是又怕在獨自一人再被暗算，內心害怕得彷彿就快會被甚麼東西吃掉。

佛諾拉着他：「走！」火火和佛諾頭也不回離開叢林，奔跑了很長一段路，筋疲力盡，在粗糙的泥石路，拖着腳步。歸巢的鳥兒都在唱歌，緊密交錯的合聲，乍聽之下，輕盈卻蘊含着尖鋭的憂鬱，四重唱，五重唱。他們發出的單音音符，就像送給火火唯一警告。

冷靜下來的火火，陷入沉思。佛諾懂得讀心，他知道他在思考的是甚麼。同時，他忽然有點欣賞眼前的小伙子。他也許尚未夠勇敢，也許沒有武術慧根；可是，他有比普通人細膩的觀察力和分析力。這是，作為領袖必須具備的條件。

他問佛諾：「你不覺得奇怪？他剛才為甚麼不向我放箭？即使視線稍微受阻擋，他的箭在弦上，一放我便會中箭。」佛諾皺着眉：「我也不明白。」火火自言自語：「這有兩個可能：他忽然改變主意，不想傷害我；又或者，他不容許自己的任何一根箭虛發。」

「無論是哪一個理由，都說明，他並非魔族。」當火火聽到這兩個字，一陣寒意從他的腳踝爬上，腦海不期然浮現起曾經見過的恐怖場面：目光所及，是血淋淋的屍骸。魔族是一群流浪刺客，住在魔窟，那地方原本是漂亮的森林，但在魔念影響下，整片土地上空是無盡的血蝶。森林和河谷被血霧包圍，被恐怖腐敗所取代。魔族擅長攝魂魔障，會用魔障將敵人的靈魂強行勾出，然後封印在其他物品上。他們最重要的首腦是大祭司，強大的攝魂師。這片土地充斥着黑魔法，大祭司建造了一座規模宏大的通天塔，共有八層，愈高愈小，最上面的高台建有魔廟大殿，裏面沒有神像但金碧輝煌，由深藍色的琉璃磚製成並飾以黃金。

佛諾和火火，在奇龍在生時，曾經見過魔族的進逼，那是毫不猶豫，是一種滅絕式的攻擊。如今，在叢林的箭手非善類，到底是誰？佛諾和火火內心升起一種不安。「這裏距離柏爾古薩湖已經很遠，或許，正是我們離開的時候。」佛諾覺得，不如避開對方，一邊前往烈焰迷宮，一邊等待貓頭鷹探報回來。

火火居然就這麼出發，內心有着無比掙扎。既然答應了西羅，去救他的女兒普羅瑟萍娜，他沒有退縮的道理。但，光是想想要深入一個充滿紅色河流地方便感到害怕。佛諾知道他的心思，但他更想藉以訓練他的勇氣。如果連這一點點勇氣也匱乏，他何以有資格繼承，奇龍留給他不死不滅的強大神力？

這一夜，火火做了一個夢。

他一個人在噴着火焰的山下，追趕着懸浮在半空的五彩珠。他的臉上感受到灼熱，是從天而降的火屑。四周沒有人，只有他一個在火屑下閃避。此時，在灰燼瀰漫的黑霧中，隱約看見三個跌倒在地的人。他連忙跑上前，一瞧，哪裏有甚麼三個人，是三具骷髏靠在那地上，都已腐爛殆盡，骨頭都成了黃褐色！

他使勁晃了晃頭，剛才明明是三個人，怎麼轉眼變成是白骨？是否被魔性迷了心竅？他捏一把冷汗——這個噴着火焰的山是甚麼？他在甘棗山從未見過，這會否是箔金國的獨特地形？這時，蒙臉的男人忽然出現他眼前。他拉起弓，身後是山上的熊熊烈火。熊熊烈火，這是何等熟悉的場面……他想起了童年的畫面。在年幼的火火面前，是一位滿臉灰燼的戰士。他沉色站在草原上，身後的木房子，被紅光吞噬，火屑沖天。火火失神地看着這個曾經滿載母親和自己溫暖回憶的地方，完全沒有注意到男人的利箭，倏地射向他的心臟。

他的心脈瞬間如火般燒燙，難以承受的痛楚，令他緊緊揪住自己的胸口。痛楚是如此真實，彷彿他很快便會失去知覺……這時，男人向他說：

「永別了！」

火火雙眼絕望地看着男人炯炯的雙眼，大口大口喘氣，身體逐漸失去力量——「火火！你快醒來。」是佛諾的聲音。他深深呼吸一下，感受到佛諾在用力搖晃他的雙肩。他猛地張開眼睛，看見茂密樹冠把藍寶石一樣的星空封鎖，僅餘一個微小缺口，很渺小，很渺小，很渺小……

佛諾見他醒來，才吁一口氣：「剛才，我以為你快死了。」火火抓住自己的胸口，彷彿仍感受到心臟的灼痛。「對，多麼真實的噩夢。」佛諾的眼中充滿驚恐，欲言又止。火火自覺乏力，但見他有點不妥，勉力用手撐起身體問：「你發現了甚麼？」

「你剛剛的夢有點不尋常。我見你雙拳緊握，臉色發白，雙唇從紫色漸漸變得瘀黑。於是，情急之下，我走進你的夢境。在血紅色的世界裏，視野模糊，我見你用手握住胸口，面向一個男人。我正想看清楚他的五官，你卻忽然倒臥在塵土飛灰之中。我的能力，只能讀心，無法干擾你的思想。我怕你有不測，馬上把你叫醒。」

火火聽完，不期然打了個寒噤。這夢境太真，痛亦太真。佛諾的分析，是只差一線，他可能會死掉。但實在沒可能，明明只是一個夢境。這讓火火想到曾經聽過蓋亞説過一個地方，叫太虛。太虛是萬物的起源，這一切又都是從一個混沌的世界中幻化而來，人看到的未必是真的，那些以為是假的東西又未必是假的。

每一個人都會做夢，只是睡醒後大部份夢境也不記得，反而噩夢，卻是記得十分清楚。人類的眼睛是最容易被欺騙，這世上有千百種辦法可以欺騙眼睛。這種幻物可以影響人的精神力，去引導甚至是控制人去做一些非常人的事或者讓人的思想變得混亂，導致身體開始衰竭並最終死亡。如果令幻境破滅，一切都會恢復本來面貌。

「其實想做一個美夢，甚至將噩夢改寫，並非沒有方法。很多神族都可以掌控自己的夢，就是在睡覺時有清醒意識，並能控制夢境內容。由於夢境是在這裏製造——」佛諾指指自己的頭顱：「換句話說，在夢中我們絕對能操縱一切，例如可以重現想念的人，又或者滿足現實中的慾望，並且無任何道德包袱，皆因夢境是你個人的秘密。」

「剛才的夢，我是被殺。你意思是，我刻意在夢中尋死？」火火覺得太不合理。

佛諾沉思一會，抬起牠那雙澄澈的大眼睛：「一個人可以夢見自己死去，但絕不會真的在夢中自殺。你剛才的狀況有點異常，唯一的解釋，很可能有另一個人懂得操控他人的夢，而且，刻意在夢中殺死你。」

如此說來，火火剛才是命懸一線？那人到底是誰？是森林裏那個蒙着臉想殺他的人嗎？他為甚麼要這麼做？

# 第八章

# 金弓匪王

由黃金牆根及白銀牆壁的圍牆所圍繞的皇宮，金碧輝煌。皇宮裏，金弓匪王的太師問：「陛下即將演說的內容呢？是以說理的力量，來吸引眾城主的注意吧？」金弓匪王聳聳肩：「內容與我無關；演說只靠三件事：風采，風采，還是風采。」太師問：「那麼若是演說中途忽地一片空白？」

「在我看來，也不成問題。」金弓匪王擠擠一眼笑着回答：「說真的，這反而給人一種誠實的印象。聽眾們大都傾向認同這類缺陷，完美只會顯得無趣。」他從小就不服從太師，他的絮絮唸叨令他煩厭：「不可像女人般低着頭；不要揑手指；切忌邊說邊聳動肩膀；如果非得用手指比手勢，就盡量彎起中指抵住拇指，其餘三指伸直……人們的目光永遠會跟隨着手勢指的方向。」

金弓匪王桀驁不馴，他告訴所有人，自己演說憑感覺，內容絕對不先寫下草稿。然而，他實在是會重複又重複背誦腹稿。他熟記講詞的標準方式，是策騎到樹林，下馬在湖畔走動，繞一圈邊步行邊練習，不讓其他人發現。他將説明的第一個重點放在開始處，想像它躺在那裏，然後向左走，將第二個重點放在百步之後，依此類推，然後以照平時慣常的步速繞一圈，將演講的每一部份指定在湖畔的不同位置。到他完成之後，策騎到山崗上，找一處確認視線可以看到每一個點的地方，要看得清清楚楚。

和每一次會議一樣，他不喜歡在殿內接見各城主。他喜歡高高站在嶺上，用渾厚的聲線，震懾每一個在崗下的聽眾。無論是城主，還是眾臣；無論是軍隊，還是平民。他總能在不同的山野，找到合適的高崗，背着陽光演講。讓藍天上的太陽在他身後，令每一個人俯首。

亦因為如此，沒有很多人認出他的真面貌，背光的臉龐，成為金弓匪王其中一個謎題，與他出神入化的箭術，和劫富而不濟貧的乖張行徑，建構成一個像魔法師一般的統治者形象。

這一點小伎倆，令他守住西方霸主的寶座。

早前，他找到一個湖畔，非常適合和眾城主會面。在私下練習時，看見一個小神殿。他無意識地走進去，當他看見女神雕像，當場呆住。太相像了……這張臉怎麼和她一模一樣？他隱藏身份，四處向附近鄉民訪查，探問神像出處。終於，才知道了她是切蕾蕾，普羅瑟萍娜的媽媽。當他再次回到神殿，反覆細看，才明確地知道，女神比他見過的女生，最少年長二十年。他熟悉的人，是她的女兒——普羅瑟萍娜。在他目瞪口呆之時，剛好碰上如常來打掃的西羅。

西羅從他的步伐，感覺一股不尋常的氣度。他知道對方，非但不是本鄉的人，更絕非尋常百姓。金弓匪王見是失明的老人，沒有在意，順口一溜：「可憐的普羅瑟萍娜。」西羅冷不防對方有此一說，手一鬆，連手中用樹枝捆成的掃帚都被拋在地上：「先生認識普羅瑟萍娜？」

金弓匪王俯身拾起掃帚：「嗯……不算是認識。但，見過很多次。」

「見過很多次？」西羅皺眉。「普羅瑟萍娜從未離鄉背井，你是在哪裏見她？你……是誰？」金弓匪王微笑：「你不會想知道我是誰，別問了。反而，我想問你，你是普羅瑟萍娜的——父親？」西羅抓緊對方的手臂，察覺對方背上有一把由冷凍金屬鑄成的大弓箭，內心一震，半秒間回復平靜，說：「你認識我女兒？你……可不可以救救她？」

金弓匪王平靜地說：「剛才我聽鄉民說過她的事，但很遺憾，我沒有時間和烈焰迷宮的渾蛋糾纏。」西羅鬆手：「聽起來，先生一點也不害怕冥王普魯多。你……可不可以救救她？」

金弓匪王冷笑：「嘿？我怎會怕一個手下敗將。」西羅沉色：「在我們國家，只有一個人能與普魯多匹敵。據說，普魯多曾經輸給這個人。」金弓匪王沒有回應，轉身便走。

「你是我們的王——金弓匪王！」西羅立時膜拜在地上：「我王！求你救救她！」金弓匪王，是沒有比匪王更快的弓，也沒有比他更貪婪的人。

「荒謬，如果每一個凡人被抓，我都要去救，我豈不忙透？」

「那沒辦法，我只盼從南方來的小男生可以把冥王打敗。」

「甚麼？」他覺得西羅的話有趣：「他只是一個男生，有甚麼可能把冥王擊倒？」

「他就在森林練習箭術，雖然，是一位年輕的凡人，又沒有實戰經驗，但他有獨特的神力，我有信心他能與陛下齊名，打敗普魯多。」西羅刻意在「齊名」這兩個字上，加重了語氣。

「笑話。」金弓匪王用力揮一揮衣袖，跨步走出殿去。他信步來到森林，看見一隻雙眼充滿睿智的馬腹，在遠處埋伏，雙眼盯着一位年輕男子。他們，應該在模擬實戰。

金弓匪王眼見這男生比他年輕最少二十年，身手尚算靈敏，但四肢明顯瘦削，看他實在連挽弓也頗費力氣。他本想離開，但西羅剛才那句話刺中他的驕傲：無論這個小子有沒有勝算，亦不該留下他的命。對他來說，不過是一個凡人的生命，如螻蟻，絲毫不用在意。

正當箭在弦上，他在黑暗中想殺死對方的一剎那，他忽然看見一道霧影。一張女子的臉，在樹木的氤氳間出現。是她？若隱若現的她，為甚麼懸浮在這小子和他之間？

他收起箭，跳上更高的樹椏。他最喜歡如此，高高地站在聳立在山坡上最高的樹頂，讓許多綠樹擁抱着自己。湖面很寬，白茫茫的水上沒有波浪。他第一次見她，是五年前，偶爾來到這裏。她在湖邊採集了一籃子白花，用手搓揉，馨香盈懷袖。

她發現了自己，卻一點也不驚訝，只是徑自在做自己的事。彷彿，他從未出現過。金弓匪王忍不住上前問：「你在做甚麼？」普羅瑟萍娜說：「我在做梳洗用的香粉，待會兒用。」

她說完，又專注自己手上的香花；金弓匪王第一次有這樣奇妙感覺。多年以來，他所到之處，不是怯懼他，就是敬畏他。從未有一位女子，在他面前如斯淡然自若。他決定要唬她：「我是統治箔金國的金弓匪王，是西方王中之王。」少女抬起清澈的眼睛，目光如流波，微笑：「從皇宮來這裏，很遠。這裏風景如何？」然後，又低頭安靜地做她的花。

金弓匪王倒真的被她的舉動嚇一跳；這少女的不卑不亢，令他一瞬間記住了她的臉。然而，他萬沒想到，自己是普羅瑟萍娜被擄走前見過的最後一個人。他亦萬沒想到，如果他當天再留一會，就會碰見普魯多，普羅瑟萍娜亦不會被帶走。

他回到皇宮，很快便沒有再想起偶遇的這位少女。然而，在往後的五年間，總是斷斷續續，夢見她。普羅瑟萍娜每次出現，都是像剛才那道霧影，氤氳間若隱若現。她甚麼也沒説，只是閃爍着靈動的綠眼睛，深深看着他：

「為甚麼我最後見的人，是你？」

起初，他覺得很奇怪，萍水相逢，何以夜夜託夢？他是她最後見的人？到今日，他才知道，正因為這點緣份，互相牽引，是一種何等微妙的心靈聯繫。

五年來，她一直在夢中向自己求救。

# 第九章

## 火火

火火和佛諾在大片鬱鬱葱葱的原始森林中行走，這裏有很多罕見的樹種，紅松、紫椴、黃鳳梨、魚鱗雲杉等等。樹木又老又高，千姿百態，古木奇絕。火火指着一株雙生如夫妻的、又發現有樹生石的、更看到滿身纏滿藤蔓的。火火還發現一種松樹，他叫它臭松：此樹能夠根據季節變換顏色，變換成微紫色的時候就會發出很淡的臭味。

就在他全神貫注研究草木樹頭之時，一個不留神，踏了一個空。「平白在平地步行，怎會如此冒失？」佛諾話在嘴邊，自己亦失蹄，幾乎跌一跤。兩人連忙看向地面——這分明就是一個大土坑。平整得令人驚訝，渾然天成，但坑上沒有一株草木，彷佛是被一個甚麼大巴掌重重壓了一下……

佛諾心緒不寧，向火火說：「莫非，是神魁？」火火聽得一頭霧水。就在這時，一陣地動山搖，轟隆隆的節奏，由遠而近。然後，地面之上忽然冒出一個黑影，由小至大。

佛諾馬上把火火拉到岩洞內，在千鈞一髮之間，只見洞外飛沙走石。火火問：「是甚麼？」佛諾示警：「咻！」忽然，外面沒有了聲響，當火火想探頭去看看之際，一隻比他整個人還要大的眼珠在洞外出現。

火火嚇一跳，馬上跑回洞裏，躲在暗處。他清楚看到，對方是獨眼巨人，他眨了眨眼，從鼻孔呼出怪聲。

「他叫神魁，是魑魅之類，類似山林精靈，他們有着人的面孔，卻只有一隻手和一隻腳，時常發出像人在呻吟與嘆息的聲音。」佛諾在火火耳邊低語。

神魁通常在結界邊緣生存，目的是守護結界。所謂結界，是「已結之界」，原為天神集聚一處時，隨處劃定的限定活動範圍，以免打擾人類。後來，為防止魔障入侵，神族亦劃定地區，保護人類，免他們肆意出入，造成傷亡。因此，天下分為「已結之界」和「未結之界」。

忽然，洞頂出現一道金光細線，神魁重複用單手敲打岩洞，洞外的眼睛好奇地瞪着火火和佛諾。

「看來，我們吸引了他的注意。」火火問：「他會吃人？」佛諾點頭：「巨人甚麼都吃。祖輩告訴我，曾經在一次馬腹西遷時，他吃掉了半族。」

話未説完，整個岩洞口被肅清一空，草木蕩然無存！佛諾躍身，凌空踏七步，跳到百步之外。火火向後翻身一躍，倏忽間右手朝天而引，反手拔箭，扣在手中的一柄弓上。

不過，卻已經遲了。

神魁一手拍在他站身的崖上，他失重心跌下。幸好他身手機靈，抓住一條蔓藤盪到另一株樹上的最高點。單手單腳的神魁，左搖右擺，晃動龐大身軀，撲向火火。只見他振臂一揮，身邊的很多砂石飄飛起來，打到了火火身上！他忍着全身疼痛，藏在樹林暗影。

神魁跑得不快，只好跳起。他跳得很高，幾乎接近樹頂。神魁笑道：

「哈哈，我一看就知道你不是鳥！你不會飛，所以我把你打下來！」

火火看準機會，在他躍在空中的一刻，拔箭向着他發。神魁沒有躲避，哈哈一笑，挺起胸膛，竟然以身軀主動迎擊火火的箭。嗖——這一箭結結實實地插在神魁的胸口。他向後一仰，一聲巨響中，他倒臥的身上濺起一團煙塵。

可是，煙塵很快散去，露出絲毫無損的神魁。他哈哈大笑，根本沒打算拔小箭頭。

佛諾在後方怒吼一聲，前腳用力一蹬俯衝，反身後蹄對着神魁就是一踢！轟——巨大的聲響中，神魁的身體上頓時噴出一團血紅。不過，這對他並沒有甚麼傷害，他繼續吃吃大笑，沖出煙塵，也不管佛諾，直接追向火火。

佛諾一蹬無功，不由得也是吃驚。要知道他那後蹄可不得了，談不上開天闢地，但置人死地，絕無問題。然而這一蹬，竟然沒有給神魁造成重創！

可見，這傢伙的防禦力是多麼驚人。

看着神魁追上來攻擊，火火皺皺眉，想起剛才見過有一種白色石頭。他馬上沿樹幹溜滑到地面，一邊拼命在樹林間奔跑，一邊避開神魁。終於，他找到白石頭，他馬上拔出箭，用力在箭頭上塗抹。

但見黑影從天上而來，神魁的大手掌正撲向火火。電光石火間，火火轉身把箭射往他的掌心。神魁中箭縮一下五指，他憤怒得雙眼通紅，用力把手掌懸空，正要向火火迎頭拍下來之際……

他忽然失去平衡向後翻，轟然倒臥在地上。佛諾上前，把火火扶起，問他：「你剛才給他的是甚麼？」火火說：「礜，可以毒鼠。從前在甘棗山，一點點就能殺死野鼠。」

他們向前查探，見神魁並沒有死，只是不省人事。「他一定是守着通往烈焰迷宮結界的……你看！」火火發現他的背上有一個大毒瘡。佛諾拉他一把：「趁他未醒，快走吧。」火火卻說：「沒事的，他一時三刻不會醒來。」他蹲在地上，看了看他的肩膀。馬上走進樹林，不一會便回來，手中拿着一株野草。

「這是醫治他的？」火火點頭，把草捏碎，合掌壓成草汁，平鋪在神魁背上的毒瘡表面。「你又是傷他，又是救他，何苦？」佛諾一臉不理解。

火火仔細地查看：「神魁只是看守者，與我無怨。我自小與神農族人一起長大，不會見病不救。」

佛諾看着眼前這男生，忽然從心底裏冒升一種複雜的感受。他開始明白，馬腹族的前首領，為甚麼會選中這孩子：他有一顆異常善良的赤誠之心。火火處於成年的過渡原型，他是小孩和國王、英雄與戰士、早熟小孩跟魔法師、以及仁愛者之間，具備這些原型所有的面向，但都非完整的存在。在他變成一位真正的戰士之後，會否仍能保護這份初心？

神魁尚是頭昏眼花，沒有能力阻攔他們離開叢林，兩人來到一條小河跟前。赫然聽到河面，傳出「噗通——」一聲。

兩人別轉臉，但見一根紅尾巴在河裏漂浮。「救命！」火火側耳聽那氣若游絲的鳥語，跑到河濱。

但見形似稍微縮小一點的山雞，羽毛鮮艷，冠與背呈金黃色，頭綠色，胸腹與尾巴呈赤紅色，十分的艷麗漂亮，卻濕漉漉的在流水中載浮載沉。

火火隨手抓起木枝，跑到下游去攔截。在千鈞一髮間，他把牠從水中抱起了。佛諾定睛細看：「是赤鷩，是西山奇鳥！牠能禦火。」赤鷩全身濕漉漉，冷得發抖，瑟縮在火火的懷裏。

「你怎會無緣無故掉進水裏？」火火幫牠擦乾羽毛。

「還說牠是奇鳥，牠笨得透頂！」一把熟悉的聲音，在頭頂響起。

# 第十章

# 炎

「赤鷺因為自身的美麗，因而性格顯得非常自戀。牠們經常自戀地站在河邊，看着自己在水中的倒影，結果被艷麗的羽毛的光芒反耀雙眼，自己頭暈目眩，最後不自覺的跌入水中溺死。住在這裏的人，經常以牠這個弱點去捕捉牠，利用河邊這面『鏡子』吸引牠。而牠，即使明知道有陷阱也無法抗拒吸引，在河邊時，牠的全部注意力都在水面中，自己那倒影之上，根本不會注意到有人來到牠的身邊。」蜜涅瓦的貓頭鷹在一旁的樹枝上歇息。

火火向着牠停駐的方向，看見在陽光下有兩個人，正在緩緩向他走來。她們身後不遠處，婀娜多姿的鳳凰喝完水便飛走了。

是蜜涅瓦！火火驚喜莫名，一股腦兒跑上前去。這時，蜜涅瓦身旁的女人，卻擋在蜜涅瓦前，比她更快迎向火火。

「是山洞裏的夫人？」火火止住。他記得，當初在崖壁上發現她時，她的眼神是何等悲傷，人生彷佛只有慘白。然而如今的她，卻是判若兩人；是甚麼令她改變了嗎？

女登看着火火，滿眼喜悅，彷彿是久別重逢的故人。

「來，讓我好好看看你。」女登一手捧着他的臉，雙眼玲瓏地微笑，在夕陽下猶如下凡的仙女。此情此景，令立在一旁的佛諾，目瞪口呆。

火火冷不防被一個相識，卻不算太熟稔的女人，緊緊抓住，四目交投，反應不來，本能地後退了半步。

「夫人——」他怔怔看着對方，但見她熱淚盈眶，豆大的淚珠串滑過臉龐。

剎那間，火火的內心升起一種前所未有的溫暖感覺，很親切，又很安穩……這個女人，這個女人是……

「孩子，你已經這麼大了！」女登緊緊把他抱住，火火聽到她和自己的心臟，以相同頻率，一跳一動的聲音。

他曾以為，她已經死了……火火看清楚眼前這個和自己眉毛同樣清秀的女人，難以相信，在此生竟能找回自己的至親。

「母親？」火火試探地問，臉上卻激動萬分。女登點點頭，把火火抱得更緊。

蜜涅瓦徐徐走近：「原來，夫人一直放不下的心上人，並非情人，而是兒子？」看見兩人涕淚縱橫，她靈巧的雙眼，也不禁變得通紅。她想起自己早逝的父母，想起自己的身世。連火火都找回親人，只有自己是孤零零一人……

「咫尺天涯，十多年來，你我分別住在甘棗山。若非我固執，把自己封閉在山洞，我們也許早就相遇。」女登深深地懊悔：「我以為，你在大火中被燒死了。」

火火用手替母親拭去眼角的淚水：「我們不是重聚了嗎？」女登破涕為

笑：「對。火火，你有一顆溫柔的心。」

熊熊大火滔天的情景，在火火年幼的記憶中從未褪色。他仍然記得，曾以為火舌把母親吞噬；仍然記得，那個把他遺棄在山上的戰士模樣。

火火問：「母親，可以告訴我，我們為甚麼被謀害？」他迫不及待，想知道多年以來的謎團。

女登看看火火身旁的佛諾，但見他眼睜睜看着自己，雙目澄澈，明顯地想窺探自己的思緒。她記得，馬腹都是讀心者。

女登開腔：「我兒別急，你為何不先介紹一下這位朋友？」火火亮聲：「他是佛諾，不但是我朋友，也是教我射箭的老師。」語音剛落，佛諾的精神被驚擾，一時還未打開這位夫人的內心。

女登閉上眼睛，然後再張開眼睛，向佛諾微笑。這時，佛諾想再次打開她的內心，但奇怪的事件發生了——重門深鎖！她在剛剛頃刻，為自己的內心築起一道道密不透風的石門。

他訝異地看向她，她也顯露出一副不問而知的神態。一來一往，盡在目光流轉的瞬間。

佛諾內心充滿疑問：當今世上，他的讀心術是數一數二的。能夠破解的人，絕非等閒之輩。這位夫人，到底是甚麼來頭？

火火把他離開甘棗山找甘泉的經歷，一五一十告訴母親。女登很用心聽每一個細節，聽到他是如何認識了馬腹族群，她會微笑；如何與太子交手，她會蹙眉；聽到他如何在燈火國逃生，她會舒一口氣。到了最後，她問火火：「你是否想得到奇龍的力量？」火火猶豫了半刻。

女登緊緊地捉住他的手：「我兒，你必須要令自己強大，才可以保護自己。」火火皺起眉頭：「你覺得，會有人對我不利？別怕，大不了，我們躲回到甘棗山去。」女登搖頭：「太遲了，如今，你已沒可能避開他們。」

幾個人之間，彷彿縈迴着不能破解的謎團。

蜜涅瓦在樹下，生起一個柴火，飛蛾像煙灰般環繞着火光。大難不死的赤鷩，蜷縮成一團取暖。貓頭鷹在樹枝上守候。圍爐的四人，看着月亮漸漸攀升藍天。火火問：「母親可以告訴我，我的身世嗎？」

女登拍拍他的手背：「我是神族，和其他貴族一樣，我們都住在玉城池。你父親在你未滿週歲時便死掉，我帶着你離開皇城，來到甘棗山下隱居。我們有田有地有侍從，生活不愁。可是有一天，來了一班士兵，他們把我捉走了，然後還放火燒毀我們的家。我後來脱險，回到只剩下燒成黑炭空框的房子，再在房子中央發現你的寶石手繩，我斷定，你已經往生。因此，我把自己困在山崖上，原本不打算再回到人間。」

火火問：「是誰想把我們殺死？」女登眼裏充滿複雜情感，彷彿在深淵裏翻騰。「母親？」

女登回復平靜：「我不知道。」坐在火堆對面的佛諾，盯着她臉上驟明驟暗的火光，實在摸不透她的心思。

這時，火火忽然發現，蜜涅瓦的位置不知道何時開始，是空着的。火火狐疑地問：「她剛剛不是一直坐在這裏嗎？」女登和佛諾打了個照面，一臉茫無頭緒。他們剛好專注地在讀心戰一攻一守，沒有留神。

蜜涅瓦一向獨來獨往，從前在甘棗山，熟悉地形，她躲在森林裏多久，自己也從無擔心。如今，在陌生的國度，愈接近冥王的宮殿，愈是危險重重。火火心緒不寧，覺得應該找找她。

「貓頭鷹！」火火看向睡眼惺忪的牠，你見過你主人嗎？牠猛地睜眼，張開翅膀，飛上了半空，在繁星下繞了數圈。回來時，充滿惶惑。

火火猛地站起來：「蜜涅瓦失蹤了？」

# 第十一章 太子

箔金國大殿有很大的圓穹，殿內以藍白色及珊瑚紅的陶塊鋪設。牆身以滿是花卉的圖案的橙色外框鑲邊，圍繞着宮室。圓穹上的花紋獨特，並漆上黑色及紅色。室內有一個兩層高的水池，流水聲能防止竊聽，並可提供一個舒適的氣氛。對面有一個大壁爐，輔以裝潢漂亮的蓋子，巧妙地以彩色大理石修飾。櫃門、窗戶及案子，都以珠寶配飾。懸掛於王座後方的高牆上，有來自七島的旗幟。王座之上，正是這裏的盟主——金弓匪王。

「五大王國一向不相往來，壁土國太子勞師動眾、大張旗鼓，不遠千里地親自來訪，絕非為了敍敍，又或是看我即將被再次任命為盟主吧？」金弓匪王揮揚一下身上的披風，舉手投足自有一股皇者霸氣。在太子眼中，他和自己父親的深沉，完全不同。

出發之前，少典父王向自己再三叮囑，想他阻止金弓匪王再登西方同盟寶座。雖然，五國之間一直由魔窟分隔，按道理是河水不犯井水。這亦是各方神族縱容魔族在邊界駐集的原因。然而，已經統領西方多年的金弓匪王，在中原的少典眼中，是雄心勃勃的君王。近年他的威望名聲，甚至傳到各國的領地。由於金弓匪王行事乖張難測，少典怕有朝一日，他忽發興致遠征來攻城。因此，他命令太子出兵，表面是賀儀隊伍，實質是探其虛實，見機行事。甚至，暗中毒殺金弓匪王。

太子拱手而立：「金弓匪王明鑒。父王今次派晚輩來，當然是為了賀盟主連任而來。」金弓匪王擊掌：「好！兩日後是四年一會的同盟日，各島主將會師柏爾古薩湖，我國葡萄酒天下第一，當日必與你這位貴客舉杯暢飲。請太子，先到廂房休息。」

金弓匪王用深邃的眼神，把這位遠道而來的太子送出大殿。他怎會不知道這人那養尊處優的父王，怕自己崛起的滿腹密圈？

翌日太子坐上雕琢華麗的轎子，黎明前的初曉仍然漆黑一片。兩名僕人走在前方照明，手裏提着裝飾精美的淡藍玻璃罩子燭燈；另外，六個壯丁則協力扛着轎子。轎子簾幕之內封閉而溫暖，透過晨風，他聞得到壯丁白皮膚上散發的體臭。這個國家的人民，無論膚色，體形和氣味，皆與中原不同。對他來說，卻毫不重要。說到底，在哪裏的人都一樣，他們是侍奉神族的人類而已。

被日出的金光包圍下，放眼狹海對岸，這個青陵縱橫、花開遍野、深河奔湧的地方，太子站在高崗，看着草坡上高舉鮮明旗幟，從各島而來的戰士。箔金國是一個自由貿易城邦，坐擁源源不絕的財富。起初統治各自由貿易城邦的大君和商界巨賈很樂於受金弓匪王安撫，但隨着日子漸漸過去，金弓匪王在鐵王座上越坐越穩，原本為他們敞開的門便一扇扇關了起來，他們的日子也日益艱苦。幾年來，他們要將所有的珠寶送到金弓匪王的皇宮。一些小島，整個國庫的錢幣也全部花光。相反，這主島集居者眾，路旁樹木蒼翠，花果茂盛，農產豐富，四處盡是頗具規模的莊園，廣植仙人掌、棕櫚，檸檬、橄欖等。

太子從小在內心常有一個疑問：中原的神族是真龍血脈，所繼承的土地，何止於壁土國？天下應該屬於我們，永遠屬於我們；包括這箔金國。或許，他的父王想到的，只是如何守護；而他，卻是拓邦。他有時還是會在腦海裏拼湊出未來的光景：乘着船影黑帆，在當空皓月下夜奔大島；自己在染血的河流上與金弓匪王殊死決鬥；箔金國家族的部眾苦苦哀求，卻眼睜睜地看着皇權硬生生被奪走；那些懸掛於王座大廳後方高牆上的旗幟，被他的寶劍割開……

太子從小便認真學劍術，天下第一。當他父親問他，想要多少人西征。他說，只要一萬人就夠了。有這一萬名精鋭戰士，他便可以橫掃西方全境。暗中毒殺金弓匪王，不夠光明正大。想七國望族紛紛起而效力，追隨自己，成為他們真正的王，必須有真正實力，明刀明槍。此番豐功宏願，自然不能給生性猜忌的父王知曉。因此，他只是反覆把這些部署，在內心演練，靜待時機。

即將舉行盟會的地方，是一個渾然天成的劇場，建在小丘上，雄視四海。前方有湖，左邊臨煙波浩淼的海峽，右邊瞭望白雲皚皚卻冒出煙火的山。還隱約可見一條火龍，從峰頂下瀉，氣吞天下。登上這天然堡壘，有一夫當關，萬夫莫敵之勢。湖畔村落有數百居民，小巷縱橫，與農田分成多組，居高臨下，金弓匪王果真是天生的演說家，連選址也別出心裁。

太子很希望自己能記得金弓匪王那天演說的內容，但是，他更明白，比起風采，演說的內容實在毫不重要。太子很有分寸地站在眾人視線之外的暗處，眼前畫面只有藍空中的烈日，以及一些盟國的長老和士兵，望着金弓匪王，被太陽曬得通紅的一張張臉龐。他清楚記得，金弓匪王說完話，在一段漫長的沉默之後，某長老起身，嗓音沙啞地說道：「金弓匪王，我要致上祝賀之意，你讓我感到驚訝。我們最大的榮耀，就是有你做我們的盟主。」他說完，用三隻伸直的指頭，揮過眾人，指向遠方的黑暗海洋。眾人沒有反對，卻亦沒有歡呼。長老們身後的士兵將領，或不發一言，或垂下眼睛。

「好極了。」金弓匪王朗聲。他說得簡單，但是要獲得一眾長老城主支持，除了聲音之外，曾經花盡心思去「征服」這些人。金弓匪王在正式進入權力核心之前，他是精心部署的。父王薨逝前一年，他要求分別前往七島行省，擔任一年公職。他的正式頭銜為財政官，乃最基層的地方官。當地人民的看法，都是不可或缺，亦令他得到極高民望。在他說話的同時，他能將字句同步迅速記錄下來。他基本上都是一再重複說着同樣的東西，面對長老城主，他從來不曾辭窮，而且，努力幫大家累積財富。

有一位士兵在太子身後，跟他的同伴說：「金弓匪王要控制的是大大小

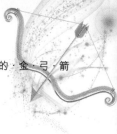

小島嶼的收入，日益艱苦的並非島上的城主。」

那同伴回應：「怪不得幾年來，幾個小島國庫空虛，但宮廷的後門卻有一箱箱從大島運進來的黃金。」

「有人説這是金弓匪王暗中劫富所得，因此自己皇宮裏的家財絕不折損。」士兵把聲線壓得更低。

太子聽在耳裏，大概亦得知，雖然各島主支持金弓匪王連任盟主，但實際上民怨日盛，危機一觸即發。他有點喜出望外，如今，只要他能令民怨更盛，便有機會伺機而動……

正在他滿腹籌算之時，他看見一個眼熟的女人，悄悄混入軍隊，和一個將領交頭接耳，一臉詭譎。

這婦人不是別人，正是多年來在皇宮照顧他起居的人之一；她是母后身邊的使女。為甚麼，她會和自己的將領互通消息，是否在隱瞞一些秘密？

他趁着金弓匪王分發美酒，和一眾盟軍舉杯慶賀之時，他安靜地退出人群，跟在那兩人的身後。他當時並沒有察覺，金弓匪王亦正在觀看他的一舉一動……

太子跟蹤二人，沿着羊腸小徑，來到自己軍營的後方。只見使女向士兵招手，並指着一個木箱：「我一個女人不方便處理它。典禮完結，派人把這抬走，混進回禮隊伍中，盡快送返壁土國直接交給皇后。」

將領問：「裏面是甚麼？」使女說：「皇后的事，你無需知道。」

太子待二人離開，一個箭步走到木箱前，他把劍一揮，木箱的銅鎖應聲碎裂。他動手揭開木箱，當場呆住。

# 第十二章

## 蜜涅瓦

火火的血統，原來是神族。她如今明白，為甚麼他與生俱來便能聽懂鳥語。在日落之前，她和之前很多很多歲月一樣，認定火火是自己的同伴。然而，人神殊途，她只是平凡的人類，而火火卻是高貴的神族。一瞬間，這身份令她明白，她沒可能像以往一樣，與火火地位對等……

一種自卑的感受從胸臆中冒升，她以後應該如何面對從小一起長大的玩伴兒？她煩躁地走開，離開了火堆，三人卻都沒有注意，這令她更感到傷感。她獨個兒走向河邊，看着月光下河裏的倒影，眼前是世上唯一和她一樣的人，會明白自己的人。忽然，她明白為甚麼赤鷺會被水裏的影子吸引。牠不是自戀，而是太寂寞了。

她抱着膝蓋，把臉埋在臂彎裏，想把世界和自己隔絕——倏地，後頸上一陣劇痛，是被人重重打了一下，只覺天旋地轉，然後甚麼也不再記起來。

不知過了多久，她終於甦醒，張開眼睛，發現自己在一個密閉的漆黑空間，雙手被反綁，口中充滿又乾有濃重的麻布味道，是被塞了一塊布條。她用力想掙脱，卻徒勞無功。正是全身乏力之際，眼前漆黑的中心分裂成一線光，愈來愈大，一個人探頭看向他。

「蜜涅瓦！」是太子的聲音，充滿驚愕。

他馬上替她解開麻繩取走麻布，但見她全身虛脱，立即一把將她抱起。蜜涅瓦想掙脱，但卻沒有氣力。太子冷冷地説：「別動好不好，這樣你會摔斷腰。」他把她抱得更緊，一股腦兒回到軍帳去。

太子俯身把她平放在臥榻上，他的鼻樑和她的睫毛幾乎碰上了。她水靈靈的眼睛瞪着他發燙的臉頰，低聲説：「請太子……放開我。」

太子驚覺自己的失態，馬上縮開雙手，按一把胸膛，企圖壓抑他這從未試過跳得如此快的心臟。他背轉身走出帳篷，留下一句：「我去囑咐人準備一些熱湯。你，千萬不要獨自走出去。」

蜜涅瓦眼睜睜看着深褐色的帳篷頂穹，腦筋一片混沌。到底是誰把她捉來？又為甚麼要把她藏起來？為甚麼想瞞天過海？為甚麼太子忽然在這裏出現？她的眼珠不停轉，卻無法整理好自己的思緒。

直至，太子從外面回來，手裏捧着一個碗，食物的香味令她的腦袋清醒過來。她勉強坐起半身，看着太子一臉喜悅的神色。彷彿，她仍然留在帳篷內是一個奇蹟。「幸好你沒溜走，剛才帳篷外有金弓匪王的部下經過。如果被他知道一個不明身世的女人在我軍中，怕會生疑。」

太子走到她榻旁，想把熱湯送到她嘴邊，她卻伸手捧起小碗，一口氣吞下。「你好像很久沒有吃東西？」太子皺眉。蜜涅瓦心裏盤算一下：的確，連日追趕火火，沒吃過甚麼……

蜜涅瓦問他：「你怎麼發現我？」太子站起身，把剛才留意到的事告訴她。蜜涅瓦吁一口氣：「幸好有你，不然，你母后的侍女一定已經把我秘密運走。」太子把雙手反握在身後，來來回回踱步。

蜜涅瓦交疊臂膀，問太子：「看來，你似乎對於為甚麼我被人夾帶，大概有點頭緒。」他回過神：「母后對於我們上次一起的遊歷太好奇，所以，才會想到把你帶回玉城池和她見見面。天下父母都是如此關心自己的子女吧？我猜想，她並無惡意。」

她似笑非笑看向他。她不相信一個胸無城府的人，會設法用武力把一個素未謀面而又毫無瓜葛的少女帶走。這件事，一定隱藏他們兩人都不知道的內蘊。

「你對你母親，毫不懷疑？」

太子遲疑了半刻，然後故作斬釘截鐵地搖頭。「我是不可，更不會。我甚至不打算去質問那個把你捉走的侍女。因為，她是我母后。」

蜜涅瓦看在眼裏，不語。

「我一會兒便離開，你可有馬匹借我一用？」她好整以暇。太子的語氣中帶了一絲驚愕：「為甚麼？」蜜涅瓦苦笑：「不借你馬匹，難不成要步行回去？」

太子恢復一臉冷淡：「我是想知，你這弱不禁風的女子，要獨自到哪兒？」蜜涅瓦反駁：「去哪裏不可以？我千里迢迢從甘棗山來這裏還不是無恙？」

「你好像忘記，還在不久之前，自己是如何被人擄走——」他悶哼一聲。蜜涅瓦沉色：如今她與火火等人失散，鳳凰和貓頭鷹都不在她身邊，而敵人卻在外虎視眈眈，的確未必有能力保護自己。此刻茫無頭緒，大抵只能走着瞧。

「你留在我身邊，我自能保你周全，過一段日子送你回甘棗山。」

「大典已過，你打算留在這裏幹嗎？」蜜涅瓦眼裏充滿問號。「你今晚出席宴會，自會知道。」太子揚手。

月亮高升之時，蒼白長春藤四處攀蔓的谷地，葉影被月光染成白骨般的銀色。蜜涅瓦被護送進帷幔搭起的大廳。廳院之內，空氣中瀰漫着火椒、甜檬和肉桂等香料的芳香氣息。她坐在最接近門口的位置，彩色布條織繪出華貴場景。四面牆壁上紅色燈籠裏的燭火燃燒不絕，帷幕拱門前，一名士兵正高聲逐一宣告貴賓到訪：「阿文提諾總督帥」、「卡比托利歐總督帥」、「奎利那雷總督帥」、「維米那勒總督帥」、「埃斯奎利諾總督帥」、「西里歐總督帥」、「帕拉提諾城總督帥」、「帕拉提諾城貴族」……這裏有七座山丘的守護者。

他們越過蜜涅瓦，看上去和太子一樣年輕，個個身形高大，皮膚紅褐，低垂長髯，棕色鬈髮烏亮，綁成無數髮辮，身上的衣履簡樸，人人都掛有方形大銅牌在腰間。他們帶同傭兵，還有渾身是毛的怪人，以及幾位皮膚黑如暗檀的戰士。蜜涅瓦滿懷驚奇地看着這些人，驀地驚覺，自己是在場唯一女性。

太子舉杯：「感謝大家到來，我那位在玉城池的父皇，一向敬重諸位豪俠義士，特別叫我前來和大家交個朋友。來，先飲為敬！」他一口飲盡，但見眾人沒有反應。

「嘿，看我多麼善忘。說好交朋友，要顯示點誠意才行。來人，先為諸位英雄送上見面禮。」

士兵應聲把一個又一個木箱抬進來。現在，每位賓客面前，都放了一個偌大木盒。太子拍一下掌，士兵打開蓋，但見珠寶黃金都塞滿了箱子，金光澄澄把眾人的眼睛亮呆了。

太子再次舉杯：「未知我可有機會和大家交個朋友？」眾督帥在家鄉因為納糧到大島而一直赤貧，從未有過如此豐碩厚禮，忙不迭獻殷勤：「我們是你的朋友，必定對你愛戴有加。」太子和顏悅色地回答：「好，七丘之城，盡皆我兄弟。」他聳聳寬闊的肩膀，把視線掃往蜜涅瓦座上的方向，露出淺淺的微笑。

此刻，太子感受着體內流淌，是王者的血液，神族的血液，驕傲的血液。他自然不會和這些下等人種混雜一起做朋友。他圖謀的，不過是在他日，當他要攻取西方霸主王位之時，七丘之城的督帥都讓路放行。

# 第十三章 金弓匪王

在宮殿裏的廚房，白鬚老人胸間圍裙染滿了血，拿着一尾劍魚。「大王又來看我宰魚？」金弓匪王看見身旁有一香料溢出的大桶，突然伸手摸出一條墨魚，放在老人面前的砧板上。白鬚老人一看，放下劍魚，下了數刀，墨魚已被分開，手法乾淨利落，將墨囊部份掃落地上，把一新鮮檸檬切半，搾出汁灑在墨魚片上，用刀背將食物撥在陶碟上，送上給金弓匪王。

金弓匪王一邊咀嚼，一邊在想別的事。連任七丘之城霸主的典禮已經完成，是時候做那件事。那個在他夢中出現的女人，成為他的心結。

過去這麼多年，他為霸業奮鬥，從未花時間在事業之外。然而，今次卻是例外。五年來，她一雙閃爍着靈動的綠眼睛，一直在夢中深深看着他。直至最近，他才知道這是普羅瑟萍娜想傳達給他的心意：向自己求救。

前往冥王住的烈焰迷宮，路並不難行，反而這烈焰迷宮，本身正是一個充滿挑戰性的地方。當宮殿頂端爆發時，火焰與大地一起震動，彷彿是火神在震怒。大地在顫抖，天空似在搖擺，世界一片通紅，空氣都彷彿燃燒起來，巨大的轟鳴聲中，地面裂開，熾熱的岩漿噴湧而出，人類四下逃散……

烈焰迷宮氣氛恐怖，因而令人覺得住在這裏的冥王，必定脾氣暴躁。想要摸透冥王的大本營，就要先認識它的地形。迷宮內有血紅漿液及灼熱氣體，能衝破地表，把泥土中的碎屑，堆積在地面，每次爆發後，宮殿地形改變，加上冥王擅施妖法迷惑人心，因此，所有人都把它稱為迷宮。

不過，他對從冥王手上救出普羅瑟萍娜，有絕對信心。因為，他所以被稱為金弓匪王，是因為他與生俱來有一種不為人知的力量：預視的魔法。對於這種力量，他至今仍不是控制得很好。但，至少能令他和敵人對決時，得心應手。簡簡單單的弓與箭，在靈巧的金弓匪王手中，卻可以變換出無數強大的技能和戰術。

由於有預視魔法，能準確估算敵人的行蹤，所以，他的箭，總是百發百中。與此同時，他發明了旋風箭，這不是弓箭手的技藝，卻是用魔法創造出來的技能。出箭如旋風，弓箭有很強的彈性，所以裝發箭都會覺得很吃力，但是對他來說，卻是輕而易舉。另一種是穿心箭。它是以一次性強大力量發出的箭，百步穿心，就算是在遠距離也可使對手受到重創。就算沒有直接命中敵人，也會因其強大威力，而使對方退避三舍。

回到寢殿，他很想趁着沒有人發覺，連夜出發，前往烈焰迷宮。

可是，仍然有一位不速之客，令他十分顧慮。這個人，正是玉城池的太子。他到現在仍然未離開箔金國，而且，他此行目的詭譎，說是到賀，實為牽強。因此，他要想辦法在出發之前，先令他離開。

昨天，探子跟蹤臨時離席的太子，發現他神神秘秘把一個女子帶了回軍帳。她和太子之間到底有甚麼關係？

探子這時又匆匆來報。「大王，今晚太子在帳內宴客。」

「喔？他請了哪方城主？」

「不，他只是邀請了一班年輕將士。」

金弓匪王輕蔑地撇一下嘴角，這太子跟這班初生之犢勾結，匹夫之勇而已，不足掛齒。「繼續監視，我倒是想看看他下一步會如何……」他決定收拾行裝，正當他把東西放進隨身麻袋，忽然閃念——

「回來！」他向探子說。「馬上召他前來。」

宮人都習慣大王的善變，探子見怪不怪，立即到太子的軍帳傳令。眾督帥都已回營，他才到達，找到半醉的太子，請他到大殿。

金弓匪王在寶座上，左手托着下巴，右手擱在大理石扶把，翹起二郎腿，擺出一副從容的姿態。太子見狀，甩開攙扶着自己的隨侍，左搖右擺，借一分醉意，裝九分糊塗。

「本王連任霸主，看來太子比我更雀躍。」

「當然！」太子搖頭擺腦：「昨日能親睹大王風采，實至名歸，我實在太高興，喝多了一點酒……」

金弓匪王一邊聽他說，一邊半瞇着眼微笑：「太子真知我心，聞得太子劍術非凡，可願意陪我去一趟烈焰迷宮，與冥王對決？」

太子本以為他是因為宴請各國，有籠絡之嫌，而大興問罪之師，腦海中已準備好應付的諸番對話……可是，卻冷不防他忽然有此邀請，心一慌，怕裝不下去酒醒，只得用手捂着臉頰，用力搓了幾下，垂下頭深呼吸一口氣：「大王，失態了。我剛才聽得不太清楚，然而，我現在太睏，不能與君好好說話，能否明早再來？」

「你獨自回去叫人收拾，大軍留駐這裏就可以，我方會支援軍中補給。」金弓匪王根本沒有打算讓他選擇，而是決意要把他帶走，免在他離宮時，太子伺機惹生事端。

「那……我恭敬不如從命。」太子躬身，他的內心在盤算：宮防甚嚴，而且未有時間比較敵我勢力；反正，一時三刻不能把他拉下台，倒不如伴在他身邊，一則打探情報，仔細策謀；二則圖個暗算，亦無不可。

翌日，天已拂曉，一排排軍營中，響起了一聲嘹亮雄壯的號角聲，震顫着大地，震動着整個沉睡的山谷。隨着角聲響起，連綿起伏的軍營，突然開始忙碌紛亂起來。驀然，一股股鐵血洪流，在黎明的微光下，邁着鏗鏘有力的步伐，在清早的寒風中，堅定沉重地向着點兵台前進發。

太子站在點兵台上，目光冰冷向着四周遠方掃視而去。「我軍是中原之師，正義之軍。我作為統帥，如今要與金弓匪王先往烈焰迷宮，誅滅冥王。眾兵請務必勤加操練，到我回來之時，自有重任交付。」

他的內心，明明是打算叫軍隊攻下箔金國，但偏偏隱藏惡意。他特意壓低聲線，向身旁的侍衛打點：「照顧好蜜涅瓦，不要被人帶走。」

金弓匪王騎着黑馬來到的時候，眾兵保持着整齊劃一的隊列，恭送坐在白馬上的太子離開。兩人走出笜金國城門，銅金造的門，顯得此城雍容華貴。城外斜坡綠草如茵，雜有仙人掌，棕櫚樹和各式亞熱帶植物，溫煦的陽光，明媚的景色，賦予這片土地優越的條件。太子不明白為甚麼對方要捨近求遠，問：「真的要去嗎？現在回頭仍然來得及。」

金弓匪王微笑：「一個人如果安於現狀，習慣了養尊處優，他的銳氣會漸漸被磨鈍。」

他頓一頓，問太子：「太子殿下，不是感同身受嗎？」太子臉有難色，不語。此行兩人不帶隨從，是想速戰速決。

在駿馬上他們高高的身軀，在地上拖出兩個長長的身影。在他們的背後，正有一個人躲在暗處，亦步亦趨。

# 第十四章

## 火火

火火連續很多次從相同的夢中被驚醒。

他一個人在噴着火焰的山下，追趕着懸浮在半空的五彩珠。在灰燼瀰漫的黑霧中，看見三具黃褐色的骷髏，倒在地上，腐爛殆盡。忽然出現一個男人，他的利箭，倏地射向他的心臟。瞬間心痛如火燙，就在快要失去知覺時，他被佛諾叫醒。

女登看着他雙拳緊握，臉色發白，雙唇發紫。「你又做那個夢？」火火點點頭。

女登皺眉：「你今次看清楚他的五官沒有？」火火搖頭。她憐惜地捧起火火的臉，然後擁在懷裏。「別怕，讓母親想想怎麼辦。」

自從決定了要來烈焰迷宮，這個可怕的夢魘一直纏繞着火火。唯一的分別，是他漸漸懂得拿捏。從第一次他臉色發白，雙唇瘀黑，幾乎喪命；到現在僅僅是心痛難忍，但很快便能從夢境抽身，完全甦醒。

「母親，聽説很多神族都可以掌控自己的夢，就是在睡覺時有清醒意識，並能控制夢境內容。你可以嗎？」女登點頭。「有些神族，不但能在夢中操縱一切，更能進入別人的夢。」

「換句話説，你可以進入別人的夢，然後殺死對方？」火火害怕地看着她。

女登微笑：「傻孩子，神族不會如此。會做這種事的人，只有魔族。」

「萬一……」火火低喃：「萬一有心腸歹毒的神族呢？」

「神族必須保留高潔的靈性，否則與生俱來的神力，殆滅盡失。」

「靈性？」火火從未聽過這兩個字。

「任何生物皆有，神，人，魔，各不相同。除此之外，動物植物也有靈性。人類和動植物，以靈性作出橫向互動，主要限於自己及他人之間的關係。而神族和魔族，以靈性作出縱向互動，不但影響自然界一草一木，亦會影響其他群族。神族建立對自己生命的價值感，隨着年歲增長與思想成熟，能透過自省或參悟，超越各物種層次的自我存在價值；同時亦藉由對大自然的感念與恩典，展現對生命的尊重。這，是神族必須保留高潔的靈性。」

「魔族呢？是相反嗎？」

女登想了一想：「魔族也是建立對自己生命的價值感，同樣隨着年歲增長與思想成熟，能透過自省或參悟，超越各物種層次的自我存在價值。分別在於：魔族的血統裏流竄着魔性，會對大自然的操縱與破壞，不懂對生命尊重。」

火火舉一反三：「如果神族必須保留高潔的靈性，否則盡失；那樣的話，魔族若放棄邪念，是否亦會令魔力盡失？」

「同樣，百獸修來了神族的靈性會如何？人類如果擁有了魔族的靈性又會如何？」

女登此生尚未想過的事，一下子被眼前這兒子連珠炮發的提問所懾住。

即使在她和丈夫相處的歲月裏，兩人經常談論天地哲理，亦從未觸及這種觀點。火火的聰敏，源於他與生俱來的好奇心，同時亦把他的靈性不斷提昇，相輔相成。

「母親想知道，是誰把你養大？是山上的神農族人嗎？」女登悔恨自己從未有機會在他身邊指導，這孩子獨個兒在山林長大，應該很艱苦。」

火火站起來，微笑：「不，有一位隱居在甘棗山，煉石的婆婆，她一直照顧我。」

女登聽到這裏，狐疑地問：「煉石……她的名字叫甚麼？」

火火朗聲說：「蓋亞女神。」語音才落下，女登當場怔住了：怎會如此？怎這麼巧合是她？

火火見母親驚訝得說不出話，正感莫名其妙——思路卻被佛諾的說話打斷。「我剛剛跑了一圈回來，仍然不見蜜涅瓦蹤影。我們……是否不應該再等待？」

在樹梢上的貓頭鷹，用力地拍翼，在佛諾的頭上亂飛。「顯而易見，牠想留下來。」火火伸出手臂，讓憤怒的貓頭鷹轉移位置稍息。牠站在火火臂膀，瞪眼牢牢看着佛諾。

佛諾擺出一個無奈的神情：「自從蜜涅瓦失蹤，已經是第五次太陽升起，我們與其乾等，不如出發？」「佛諾，我不想放棄蜜涅瓦。」火火苦惱地說。「我們真要趕着去烈焰迷宮嗎？」佛諾一臉着急：「當然！一定要盡快去。」

「你為甚麼如此着急？」火火反問。女登這時亦回過神來，看向佛諾。佛諾發現她的行動，早半秒閉上眼，把通往自己心意的大門封鎖。

當他再度張開眼睛的時候，只見女登用徒勞無功的失望眼神，沉默地盯着自己。

佛諾淡然地說：「你不是答應了要救出普羅瑟萍娜？遲了一天，人命多凶險一天。」

火火嘆氣。佛諾又說：「蜜涅瓦一向機智過人，吉人天相，說不定，已經在前方苦苦等着我們。」

三個人，三隻鳥，如何安排？

鳳凰桀驁不馴，在蜜涅瓦失蹤翌日，早已振翅一飛無影無蹤。火火留下了忠心耿耿的貓頭鷹，命牠在原地看守。赤鷩自從獲救，對火火寸步不離。於是，他帶走了牠，與佛諾及女登，徒步來到大島邊緣。

在對岸的海島上，有一個錐形山帽。白煙沖天，山帽頂端流出燙滾血漿，冒着氣泡緩緩而行，所到之處盡皆灰土，全無植被。整座山體，佈滿數之不盡的血痕。

「惡魔殺人，那是在烈焰殿裏煮沸的血。」一向冷靜的佛諾，說這話時，居然亦帶着一點懼色。

天刮着大風，夾帶着雨點。雨雖不大，但風起潮生，滾滾濁浪自天際而來，聲大如雷霆，有萬馬千軍之勢，震撼岸邊，濺開無數浪花。這是舉世知名的險境，烈焰迷宮前的海峽！

傳說這海峽由兩瘋婦把守着，一位是海神的女兒，因犯事而被拋進海峽，把她長困在這裏。她積憤難平，頻頻吸進海水，竭力吐出，造成了很大的漩渦。舟楫經此，定必淹沒。另一位本是貌若天仙的少女，是海神的情婦，但因與魔女爭風呷醋，被變為一隻長頸六頭怪物，流連在海峽山上，將渡海的人，生吞活剝充飢。

「我們真的要渡海？」火火茫然看向海面，一個個偌大漩渦。

# 第十五章 蜜涅瓦

對於蜜涅瓦來說，從太子的軍營不動聲色溜走，並非難事。

蜜涅瓦甫出城門，便召來鳳凰。鳳凰不但是鳥中之王，更是個性固執，用情專一。牠若選擇了一位主人，絕不輕率易主。而且，牠能在千里之外，辨認出主人的召喚，移動力驚人。

她坐在彩雀背上，凌駕樹頂的綠葉，俯瞰在地上奔馳的太子和另一個男人。她雖然不認識這人，但從在軍營中聽到太子對軍隊訓令時的內容，她知道了對方正是西方霸主——金弓匪王。

兩人的騎術精湛，即使以鳳凰尾隨，亦是花盡氣力緊追；牠不見得比兩匹駿馬快。

蜜涅瓦心念火火，她最懂他：他是採藥之人，頭腦好，四肢靈光，卻一無是處。要他練就一身好武功，非半生之力不可。因此，她才一心要到烈焰迷宮幫助火火。太子和金弓匪王日夜兼程，就是為了要去打敗冥王。如今有他們，聯合起來，豈非更好？

入夜，月色皎潔。在鳥背上，半睡半醒，過了一個大白天的蜜涅瓦，如今又變成「夜貓子」，在太子和金弓匪王歇息的地方附近一處樹蔭下，隱藏起來，屏氣凝神偷聽着兩人的對話。

「太子，你為甚麼有膽量跟隨而來？」金弓匪王半躺在樹下，閉目養神。

「聽說冥王是金弓匪王的手下敗將，我有何懼？」太子嗤之以鼻，在隔鄰的樹下棲息。

「喔？你不怕我引你出來，在途中殺你？」

太子冷笑：「我和大王無仇無怨，殺了我，與起我父皇派兵來報復，何苦？」

「如此說來，你毫不懷疑，為甚麼我要你跟我前來的動機？」

「我是壁土國太子，將來是要繼承王位的人，我如果連這一點犯險的勇氣都欠奉，將來到底憑甚麼登位？」他闔上眼睛。

兩人你來我往反問，分明是舌劍唇槍。坦白說，蜜涅瓦根本無法估量此間太子的意圖。他生性謹慎，一定知道此行去烈焰迷宮有多麼凶險。他是要回去繼承王位的人，到底有甚麼比自己的生命更重要？

忽然，她想到了一件往事。曾經一次，就僅僅是那一次，太子在她面前，流露出他對父親的失望和不理解。在壁土國國王，少典國君心中，對這位唯一的兒子，絕對不會關懷。而在太子的心目中，卻是三番四次替自己的父王所表現的多疑和嫉妒行為，找尋藉口。

「他是愛護我的。他會認同我的。他再多疑也不會擔心我去篡位。」

蜜涅瓦記憶中，堅強的太子，在她面前說這些話時，幾乎要哭出來。

他的內心，是多麼的孤單。

此刻，蜜涅瓦忽然明白了：他努力爭取機會，做出成績，都是為了要表現給少典國君看。他並不在乎王位，他在乎的，是父親的信任。

所以，他遠征而來，並非只為幫他的父親監視。如果可以，說不定他會伺機殺死金弓匪王而自立。若能成功，他才真正做出一些在父親期望之外的事情，令他眼前一亮，為兒子而驕傲。

月光穿雲而出，照在年輕太子風塵僕僕的臉上。銀光在他前額早生的一小撮白髮上閃耀，月色沿着乾燥的微細皺紋間，勾勒出他那俊逸的五官。

蜜涅瓦深深注視着他，這位在她生命中一再出現的人，三番四次救她脫離險地的人，到底意味着甚麼？

「你其實是為五彩珠而來？」金弓匪王忽然張開眼睛，問太子。太子沒有回話答。

「別裝睡了。你心思縝密，怎可能在這荒野熟睡？」

太子呼一口氣，緩緩睜眼。「佩服，看來，凡事都瞞不過大王。」

太子微笑：「你是如何得知五彩珠的事？」當日，在馬腹王奇龍自殺之時，太子在場親眼目睹奇龍把不死神咒和畢生神力，注入五彩珠。其後，五彩珠朝西方飛去。可是，為何連金弓匪王也會知道？

對方咧嘴：「有不死身的奇龍，忽然死掉，天下人都議論紛紛。只是，有關五彩珠的事，沒有人知道。我之所以得知，是因為那天我是親眼目睹五彩珠劃過長空，飛向烈焰迷宮。當時，我只覺得它是奇寶，沒有在意。但後來，我得知普羅瑟萍娜的頸上，多了一顆五彩珠，我才在意。」

「普羅瑟萍娜？」

「她是被冥王擄掠的民女，她的父親託付我救人。」

太子愈聽愈糊塗：金弓匪王是著名的冷血君主，怎可能為救一個平民而勞師動眾？

「時間上如此吻合：奇龍之死，天外飛珠，烈焰迷宮，普羅瑟萍娜。串聯在一起，自然想到。」

太子點頭：「這顆五彩珠蘊含了奇龍的神力，任何人都想得到。如果不是你告訴我，我才不知道它的下落。」

金弓匪王大笑：「看來，我們第一次有共同目標。來，你告訴我多一點有關五彩珠的事，我告訴你有關烈焰迷宮的事，如何？」

太子想了一想：「將來若有五彩珠得手，你我二人誰要？」金弓匪王比太子年長近二十年，一派從容不迫的口吻：「何必緊張，日後再算。大不了，你我到時來一場獨決？反而，你可有信心到手？」

太子聳聳肩：「放心，在年輕人身邊有我的人，必定可以取五彩珠。」

金弓匪王皺眉：「你指那個從南方來的小男生？你們不但認識他，而且派出了密探？」

太子當日離開南方，一心想要得到天下難求的神力。可惜，要跟蜜涅瓦先護送甘泉回壁土國解旱困。他之後花了點時間，在火火身邊設計埋伏……

金弓匪王看着太子，此時覺得，這事比自己想像中更有趣。

蜜涅瓦在鈎月銀光的碎屑中，看見兩人難以解讀的眼光裏隱現殺戮。她的內心，冒起強烈的不安。

# 第十六章 附寶

「豈有此理！你把牠帶回來有甚麼用？」附寶隨手拾起一個在皇后寢殿內的琉璃花瓶，重重地摔向連夜趕回皇宮的侍女。

在竹籠裏的貓頭鷹被突如其來巨響嚇一跳，在籠裏瘋狂拍翼亂跳。

「我要的是蜜涅瓦！」侍女面如死灰，垂下頭不敢作聲。侍女甚至嚇得不敢告訴她，這貓頭鷹在蜜涅瓦被擄走的地點一直守着，她是千方百計，才把牠誘騙而捉起來。

附寶隨手指向房間一角：「用布蓋着竹籠，拿到那邊，礙眼！」旁邊的侍從，連忙悄悄把貓頭鷹搬到陰暗角落，用黑布遮蓋。她對鳥特別討厭，她每次看見牠們，都會記得當年的事……

「為了保證交易的公平性，你必須出賣你的靈魂，和我簽訂魔族契約，契約一旦生效，若違約，代價恐怕就大了。」那隻知更鳥化身一團黑霧，包裹住了附寶，繚繞的黑氣進入她身體，隨着呼吸，從臉上七孔進進出出。

附寶臉上浮現痛苦的表情，全身緊繃，像是體內有萬千隻蟲子在噬咬她的血肉，麻癢和疼痛交織在一起，蹂躪身體各處的神經，生不如死。

侍女顫抖着聲線，打斷她的思緒：「我在軍營打探過，應該是太子救走了她。」

附寶臉上一陣紅一陣白，比剛才更生氣。這女人，居然迷惑我的兒子？

「全部人出去！」她打發了侍從。

附寶以右手摸一下後頸——她有一個黑色印記，長年以長髮掩飾。她閉目感唸，窗外的天空忽然風起雲湧，一隻知更鳥撲窗而來。「以魔族紋章召喚，你獲得了大祭師的信任，賜予力量，比那些低劣的人族要強得多。你想我們做甚麼？」

「我要知道我兒子和蜜涅瓦在哪裏？」

知更鳥想也不用想，便回答：「正在前往冥王的住處。」附寶一愣：

「你們一直追蹤他？」

知更鳥竊笑：「我們大祭師既然和你有約定，太子的行蹤當然非常清楚。」附寶問：「你們不能傷害他。」知更鳥跳上窗框：「太子是我們多年心血，自然不會動他分毫。」

附寶揚手：「他是我的兒子，和你們無關。賣靈魂給魔族的人，只有我一個。」知更鳥呵呵大笑：「所以，大祭師才要保他周全，免你分心。」

「真的……？」附寶半信半疑。「既是如此，請大祭師囑咐冥王一件事：一，保護太子；二，殺死他身邊的女孩。」

「你想除去將來成為天下女主的人？」

「你說甚麼？」附寶面色一沉。「蜜涅瓦將成皇后？」

知更鳥冷笑。

「不可以！」附寶搖頭。從太子上次憶述二人的經歷，她看得出自己的兒子喜歡上這女孩。她是他生命中第一位出現的人，將來難保他不會因過於寵愛而唯命是從。如果太子將來娶了她，怕這媳婦不但不會聽從自己，更會權傾天下。

「她嫁的夫君，必然是王。這是天機，也是天命。」

附寶悶哼一聲，「天命？我能夠坐穩今日之位，是靠我自己。一個人類，能夠化成神族一員，世上只有我。」

「你表面是神族，骨子裏是有魔性的人類。」知更鳥糾正她。

「神族魔族也罷，反正勝者為王。」附寶咧嘴：「我已經坐擁中原女主的寶座。將來，若我兒繼位，我更在他之上，多好！」

知更鳥忽然靜着不動，彷彿中了魔法，只見牠雙目空洞，一板一眼說：「當人類感受到自身的有限，具無限性的思想，會開始懊惱，這種自身的無能，同時悟出個人居然是有限，而產生恐慌與無奈。於是，想安定那毫無邊際的思想或心念，想超越現況，想獲取持續行動所必須的信念與希望。到你得到少典的寵倖，肉體上的溫飽卻不能使你滿足。因為，你不同於他人，你終仍然會問個人存在意義的問題。因此，尋找這問題的答案，將決定你行動的方向與動力，激發你突破人類原本的限制，展現了驚人的精進速度，與魔性相隨。」

附寶點頭：「你是大祭師。」她向被他附了身的知更鳥躬身。「大祭師願意幫我的忙？」

「如果，她嫁的夫君，必然是王；我當然要殺死這位人類的王后。這，對我有利。如此，天下才不會有人類的共主。」

「感謝大祭師。」附寶叩首。

「太子心悅的人，你捨得犧牲？」

附寶抬起充滿霸氣的眼睛：「留在我兒子身邊的，必須是我挑選的女人。」她站起來，知更鳥冷笑一聲，一團黑氣應聲而衝出雲霄，知更鳥追着飛出窗外去。

在偌大的寢殿，沒有人會注意在暗角的貓頭鷹。牠按捺住內心震驚得無以復加的心情，連呼吸也放得很慢。貓頭鷹很害怕：附寶會忽然記起自己的存在。然而，牠並不知道，內心被慾望盤踞的附寶，完全沒有想起這一隻不起眼的鳥。

附寶不是神族，不懂得鳥語。所以，她不知道世上有通曉鳥語這回事。知更鳥所以令她害怕，是因為牠是與別不同，懂得和人溝通，是一隻有魔性的鳥。事實上，她一向輕視鳥獸。作為萬物之靈，她完全不在乎其他大自然的生命，甚至，連賜死也省得傳令。

貓頭鷹記起，小時候在森林裏被大麻鷹追捕，受了傷，被當時只有七八歲的蜜涅瓦救了。

「我會帶你回家，叫神農幫我做個鳥籠，把你放進去。我可以保護你安全，抓蟲子或種籽給你吃。」蜜涅瓦一邊幫牠包紮，一邊說。

牠馬上說：「拜託！不要把我關起來。我寧願，她現在把我殺死。」

蜜涅瓦訝異地瞪大渾圓眼睛，不明白為甚麼牠拒絕自己的保護。

「對我這種鳥來說，囚禁比死亡更悲慘。」從此，她對牠飼養保護，卻沒有把牠困住。

貓頭鷹如今在竹籠裏動彈不得，不但懼怕被囚禁，而且，更害怕牠主人的生命受威脅。

# 第十七章

## 火火

天地之間不知何時起了大風，洶湧的狂風從天的盡頭捲成巨浪滾滾而來。站在岸邊的三個人，正在費煞思量。

海峽的颶風愈來愈猛，刺骨的海風帶來了大片大片的鹽花，搖撼着岸邊的樹枝，狂嘯怒號，發狂似地吹開整片灌木林，把枝葉捲入空中。風不住呼嘯，方向變化無定，好像尖石子似的刮着每個人的臉，叫他們透不過氣來，說不出話來。

女登的粉藍色長紗裙在風中飄曳，她閉眼深深吸一口海風中的氣息。「海神的女兒和海神的情婦，生生世世不能放下各自的仇怨。」這不是尋常的海風，而是兩位魔女掀起的風暴。

火火看向佛諾：「你懂得飛天？」佛諾搖頭。

就在這時，佛諾的眼裏充滿恐懼，看着火火身後不遠處。幾節音節卡在他喉頭，明顯地是看見一種從未見過的東西。

「長頸六頭——怪物！」

火火猛地回頭一看，這看來是兩棲生活的爬行動物，牠有長而狹窄的口和鼻，身很長，幾乎有一幢木房子那麼大。有極長的頸部，比身體與尾巴相加起來還要長。

正當牠張開嘴，顯露出銳利而交錯的牙齒時，火火即場怔住，嚇得手腳乏力，全身發軟。

「火火！」

佛諾一手拉起他，把他放上自己的馬背。

電光石火間，長頸六頭怪物的嘴撲了個空，一頭栽在泥沙上。牠向天長嘶，憤怒地瞪着充滿血絲的大眼，舉起長頸，看準目標，再向火火來襲。

女登見狀，馬上施法。「怎麼突然變得這麼冷？」火火打了一個寒噤。

這刻，浪花如同寒冬冰雪，所到之處，將一切凍結，像極速飛行的利箭，撲向長頸六頭怪物。

「跑！」女登大吼一聲，佛諾不再管其他人，轉身瘋狂的跑去對面山坡。

看到這一幕，火火呆住，驚惶襲上他心頭。面對母親這種如同神明一般的力量，讓他惶恐。他自問只是一個沒有用的孩子，從骨子裏深深的無力感，讓他頓時喪失去救人的決心。

佛諾遠看着忍受着疼痛的長頸怪物，冷靜地分析：「不對稱的頸部使得牠的重心位在手臂前方。所以，牠將頸部伸出時，頭會貼近地面。牠以後肢站立，而靠頸部垂直於地面使身體保持平衡。」

「還記得在上次在南方燈火國，你在神廟內如何擊敗九頭蛇？」佛諾問火火。火火憶起當時奇龍叫他把對方制衡：「將頭砍下後，要馬上用火燒牠的斷頸，頭便無法重生。」和他一起的太子聞言，兩人合力把九頭一一砍下，又用巨棍打落正中的主頭，埋於土中，用大石壓住，剷除了牠。

火火心裏懼怕：「當時還有太子；如今只有我一個人，做不到的。」佛諾失望地搖頭：「換了是太子，他必會奮力一戰。」

這時，只見長頸怪物喘定了，轉向女登。女登重施故技，把握身後的巨浪，阻擋怪物的攻勢。

兩方對峙，難分難解。

「火火，你母親支持不了多久。」崖上的佛諾指向滿臉通紅、雙手開始抖震的女登。

火火看在眼裏，內心一陣難以言喻的痛惜。雖然沒信心可以把對方殺死，但卻不忍看見母親獨力支撐。

他挽起弓，對準其中一個向女登施襲的長頸巨頭，一箭穿過牠的頸椎，血流如注。隨即，五個頭同時看向火火大聲嘶叫。火火被唬住，佛諾馬上拔弓射向對方。今次，長頸怪物有所防範，避開了箭。

「牠發現我們，正衝向我們！」

説時遲那時快，五個巨頭同時包圍他們，從五方同步躬着長頸來襲，眼見自己必成肉醬……忽地呼一聲，頭暈轉向，火火和佛諾雙腳離地，上了半空。

火火心想：是長頸怪物拋擲他們嗎？

定睛一看——石——面前這隻巨大醜陋的單眼，到底是甚麼？這眼睫毛上還堆積着眼垢，甚是可怕……

「神魁？」火火驚異地發現對方正在把自己和佛諾，放上肩膊。

他把兩人從長頸怪物的攻擊中及時救出，又走向岸邊，把女登拈起，同樣放在肩膊上。

正當長頸怪物打算從後攻擊他，他用手背隨意一揮，便把牠打得退避三舍，狼狽地竄進叢林。

「我兒，他是你朋友？」女登不可置信地問火火。

神魁看向火火，火火點點頭，神魁的眼中升起前所未有的暖流。神魁指向對岸，火火再一次點點頭。

神魁把他們放上頭髮頂，用他的單臂單腳，半浸着彎曲的身體。海面一個個偌大漩渦，對他來說居然猶如無物。三人抓緊神魁的頭髮，安穩地到達彼岸。

神魁呆頭呆腦，坐在沙地上，火火馬上跑到他身後，察看曾經醫治的大毒瘡。但見原本又紅又腫的地方，如今炎症已經全然消退，皮膚正在復元。

新皮接觸海水後，神魁想抓癢。火火制止，從隨身布袋裏找出一些草莖，給神魁：「這是蘼草，外貌如葵，有臭味如蘼蕪，叫杜衡，多吃可以醫治你頸背上的癭。你每天吃一點，很快便痊癒。」

「這到底是怎麼一回事？」女登嘖嘖稱奇；佛諾把不久之前的事告訴了她。

神魁是何等野性難馴的巨獸？女登難以想像，自己有一位如此了不起的兒子。也許他不擅武好鬥，但卻能和大自然共生共榮，而且，處處以善良去待人。

這一點，不像他的生父，反而更像他的祖母。

忽聞對岸有巨嘯，不知發生了甚麼……

# 第十八章

## 蜜涅瓦

蜜涅瓦一直偷偷跟蹤着太子他們，時近時遠。途中，經過曾經和火火失散的地方，內心七上八下。

年幼時，火火和她青梅竹馬，是一起冒險的童年玩伴，神農族的眾人，一直取笑他們，看好兩人長大後會是一對，連蓋亞婆婆也時常祝福他們。彼此多年的相知相惜，蜜涅瓦很喜歡火火這個朋友，她知道火火也喜歡自己，曾經，她以為彼此已經認定對方……

來到海峽，她看見頸項上都流着血的長頸怪物，跟太子和金弓匪王大戰。只見太子雙眼閃亮果敢的火光，用銅劍把長頸刺穿。

她覺得太子就像她從前在甘棗山見過的大貓，牠是森林中的霸王，最想挑戰自己，超越自己的極限。蓋亞婆婆說，大貓這輩子最大的敵人就是「自己」，牠特別想挑戰自己，想要超越自己的極限，追求無所不能。在一切都非常順利的時候，牠非常具有危機意識，在其他狩獵者可能只會洋洋得意之時，牠卻覺得是自己設的目標太簡單。所以，神農族人，都很怕碰見山林裏的大貓。

眼前大汗淋漓的太子，手臂有不少被擦傷的地方，臉上居然沒有一絲倦容。在他旁邊的金弓匪王，亦非泛泛之輩，同樣銳不可當。

但見長頸怪物仰天長嘯，應聲倒下。太子和金弓匪王戰勝了巨獸，兩人疲憊不堪，癱臥在岸邊的沙上。

金弓匪王喘着大氣：「太子果然好劍法。」此刻，太子淡泊的面容，令他汗顏。換了是年少氣盛時的自己，在獲得別人稱讚時，會覺得自己很厲害，而不再想着去完善自己。

但眼前的太子，居然保持冷靜，彷彿每一場戰鬥，都是學習自我超越。

「如何渡海？」太子問金弓匪王。

在暗處的蜜涅瓦，曾聽過火火説，有一種叫沙棠木的果實，赤紅色，味如李，但無核，可以馭水，食了的人，下水不會溺斃。在箔金國隨處可見，她很想教兩人食用。因為，她覺得，不能置之不理。

剛才發現火火一行人並沒有留下在原地等待她；甚至，不知道有沒有曾經想找回她。她心裏的確生氣：把心一橫，想不管火火他們了。然而，她想不通的是：金弓匪王以賊性著名，想搶五彩珠，是很自然不過的事。但，太子權傾中原，明知五彩珠和神力都是奇龍託付給火火，為甚麼要得到？

蓋亞婆婆說過，天下大義，才是王道，也是世界的平衡。如果，因此兩者相爭，神力旁落，最終被魔族奪取，更加不堪設想。魔窟中一片血腥的無人之境，在她腦海中終究揮之不去。

「這個。」金弓匪王把一個赤紅色的果實拋給太子。「是沙棠，身體會浮起，吃了可以渡海。這國家的漁民，下海捕撈都靠它。」

蜜涅瓦輕嘆，她忘記了金箔國的霸主對領土花草樹木，一定最認識。

兩人也餵了沙棠給馬吃，一起下水。馬匹力氣大，很快便及岸。這時，海面水流越來越快，變成了大漩渦，一個接一個。坐在鳳凰上的蜜涅瓦，從高空俯瞰，看着這一幕，越看越覺得詭異。

不只水流加快，就連水位也跟着上升，漩渦一直在轉，慢慢變成一個非常巨型的漩渦，在水裏的太子和金弓匪王，無論如何拼命地挪動手腳，都只能隨着水流旋轉。

正是那位被長困在這裏，海神的女兒，因犯事而被拋進海峽。她積憤難平，頻頻吸進海水，又再用力吐出。她是看上這兩位男人，非要把他們吸進海底陪葬不可……

蜜涅瓦馬上折返岸邊，割下兩根長樹藤，再騎乘鳳凰回到巨大漩渦的半空，眼見太子和金弓匪王快要淹沒在海水中，她將樹藤的兩端相綁，另外兩端拋入水中。她緊緊握着結紮的樹藤，橫在鳳凰的背上。太子和金弓匪王看見樹藤，各自牢牢抓住。鳳凰拍翼向上空飛，樹藤不敵漩渦的拉扯，摩擦在鳳凰的羽毛上，皮開肉裂，蜜涅瓦看着也心痛，抱着鳳凰流淚：「對不起，你是否很痛？對不起……但我們不能見死不救。」

當鳳凰的第一滴血，串滑過樹藤，奇蹟便發生。樹藤變得金光閃閃，直插進海面。水流在一剎那間停止，漩渦也消失了。

太子和金弓匪王趁機，用力爬上對岸。

鳳凰載着蜜涅瓦，筋疲力竭落在二人旁邊。蜜涅瓦花容失色，忙不迭檢查鳳凰背上的傷勢。鳳凰半垂着眼，嘴裏發出微弱又淒楚的叫聲。

「你不要死。」蜜涅瓦淚流滿面。

「牠不會死的，鳳凰有不死之身。」太子站起身，把小藥瓶拋給蜜涅瓦：「若不想牠痛苦，給牠塗這個。」蜜涅瓦接過手，才塗了一兩遍，鳳凰雙眼翻白，昏迷過去。

蜜涅瓦大驚：「我好心救你，你給我甚麼毒藥？」太子哈哈大笑：「我哪會給你毒藥？這藥用作鎮靜止痛，鳳凰自癒力是天下最強，睡醒時傷口便好。」

蜜涅瓦白他一眼：「你不早說？」太子說：「該我問你了，為甚麼忽然出現？」

金弓匪王這時緩緩站起來：「還不簡單？小姑娘想念你而跟着來。」太子與蜜涅瓦四目交投，臉頰忽地燙紅。

蜜涅瓦沒好氣，向昏迷不醒的鳳凰低喃：「這個不知甚麼匪王，就不懂知恩圖報，只懂欺負弱小。」金弓匪王被搶白，不情不願說：「好了好了，小姑娘，是我錯。」

蜜涅瓦偷偷一笑。

金弓匪王騎上黑馬：「這裏不安全，我們先找一個地方。」太子隨之一躍上白馬。

「來！」他伸手向蜜涅瓦。蜜涅瓦搖頭：「我有鳳凰。」

「牠需要休息，你讓牠在這裏吧。」太子下馬，找來幾塊很大的棕櫚葉，溫柔地蓋好鳳凰。「你有危險的話，牠保護不到你。」

太子把她橫腰一抱，放了在白馬上，自己坐在她身後。

蜜涅瓦左右觀望，他看見她的半邊臉蛋，眼睛時而張開，時而緊閉，睫毛甚長，容貌秀麗絕倫。從第一次看見她，他便覺得，她和一般女子不同。她聰慧而安靜，連剛才罵金弓匪王，也格外溫婉。

此刻，他的雙手環繞着蜜涅瓦柔軟的軀體，又覺她一頭長髮，拂在自己臉上，不由得心裏被牽動了一下。

# 第十九章 太子

蜜涅瓦習慣了夜間活動，大白天才睡覺。所以，當他們找到容身的山洞，她便藉着月色探路。

才走出山洞，蜜涅瓦看見太子站在洞口，一臉不解地望着她。她看着太子，注意到他臉色不好，掛着黑眼圈不說，臉色也蒼白得可怕。她皺了皺眉，淡淡說：「快點去睡。」

看着她冷淡的表情，太子轉而開口挑起一個看似不相關的話題，「我剛才好像看見一隻銀白色的貓頭鷹……」

蜜涅瓦突然轉過頭，臉色一白：「你看見了？然後呢？」

看着她激動的神情，確認了她一定和貓頭鷹失散了。他想知道，為甚麼她會在這西方的國境出現。他平靜地望着她，「就只是剛好看到牠飛過，哪有甚麼然後？」

「喔……」她垂下頭，打算終止這個話題。「怎麼了？你們發生了甚麼事？你為甚麼來到這裏？」他皺着眉。蜜涅瓦低着頭，咬着唇，沉默了一會，最後只吐出幾個字：「不知道。我不知道該怎麼說。」

「那我就在這裏等着，等着你把話說完。」太子從來未對一個女人如此有耐性。

她猛地抬起頭，眼眶已經泛紅。「我被人拋棄了，你高興了吧！」

太子看着她，輕輕地命令着，「看着我。告訴我，為甚麼這麼激動？難道你很介意這人？或者說你喜歡他？」他語氣很平淡，但逐漸變得劇烈的心跳，卻說明了他的緊張。

「我和他是朋友。」蜜涅瓦滿肚子氣：「我是老遠跑來幫他的好朋友，但他居然沒有為我的失蹤而擔心，也沒有留下來等我！」

太子在心中偷偷鬆了口氣。幸好，火火在她心目中不過是朋友。他將她的頭轉過來，用手指輕輕擦掉她的淚水，「別生氣，回報傷害你的人，最好的方式就是讓自己過得更好。」

蜜涅瓦點點頭，雙唇用力抿了抿，「我知道，我只是有點不甘心。」

太子拍拍她的頭，想了想，最後還是順從自己的心意，將她摟進懷裏。

「你真的是個大傻瓜，他如果不能保護你，你只要留在能保護你的人身邊就是。」

她被他摟進懷裏的第一時間，還想掙扎，但是在貼近他身體感受到溫度的瞬間，這種溫暖的感覺，讓她愣了一下，隨後她的身體並沒有掙扎。「放開我！」她身體動彈不得，用嘴巴抗議。

「是你先跟蹤我的。」

頓時，她的臉羞得火辣辣，反抗的力氣也大了點，只想着反抗，完全忘記了兩個人一開始討論的話題。

「再抵抗我，我就殺了你。」太子帶着笑意威脅。

「你敢！」蜜涅瓦鼓着腮幫子抗議，卻不知道這句話會起反效果。她從小到大只和火火在一起，而他還是那種溫柔男孩，所以她不知道有很多話不能對男人說。尤其是「敢不敢」、「行不行」。

太子挑了挑眉，手將她摟得更緊，在她耳邊低喃，「我想目前還沒有我不敢做的事。」

「你……嗯——」她正想反駁，可在張口的瞬間，唇瓣就已經被他緊緊的覆上。

頓時，她震驚了。世界也安靜了。

她在甘棗山成長，生活簡單，一直以來只是跟着蓋亞婆婆在神殿煉石。平時並很少和神農們來往，除了火火，幾乎都活在自己的世界。她沒有憧憬過未來，也沒有想過甚麼是戀愛。

她推開太子，太子看着她有點意外：「從來沒有人會拒絕一位太子的垂青。」蜜涅瓦的心跳急速得快要跳出來，她掩飾着內心的忐忑，生氣地說：「你以為我是你皇宮裏的流鶯？」

太子傲慢地說：「的確，你能駕御鳳凰，是百鳥之王，自然是命中注定應該要住在皇宮。」

「要住在皇宮，亦不見得一定要住在你的皇宮。天下之大，我可以住在東南西北任何一個國度，為甚麼偏偏要住進玉城池？」

太子看着眼前倔強的密涅瓦，從小到大，他都被一大堆女人團團圍住，她們敬畏他順從他，從來沒有人會拒絕他。在他眼中，和這些女人之間都不過是短暫的慾望。他不喜歡感性，他的心思只應該放在國政。作為年輕的繼承者，他更不想花心思去揣摩對方的心意。反正，她們極力討好，並非愛慕，想得到的，不過是他的權位和財勢。

他所知道的愛情，是他母后與父王的相處：不過就是付出和慾求而已。

一次又一次命運的相遇，這個女人，為甚麼總是令他分神？為甚麼不像其他女人？為甚麼會令他如此在心？

「既然你不想住進中原的皇宮，不如來我西方的殿堂？我箔金國土地肥沃，有葡萄酒有橄欖油，還有各式各樣的花果和奶蜜，你在這裏不會餓死。」金弓匪王不知道甚麼時候在他們身後出現，亮聲說。

「大王，我聽夜鶯叫我起床，讓雲雀伴我安眠。天下女人，不是只喜歡錦衣玉食，恕我不能成為你的美眷了。」密涅瓦對這位看上去比自己成熟很多的男人面前，知道說話中留有餘地。

單憑這一點，很難想像她並非出身自矜貴神族，而只是一個南方小國，比選定送往侍奉天神的公主。他們當然不會知道，除了與生俱來的聰穎，她的氣質和談吐，都是由蓋亞女神經年累月親自調教。

金弓匪王嘿嘿大笑：「世上從未有我想得到而不能得到的。」

太子見他公然挑釁，內心不問由來怒火中燒，用力抓住密涅瓦的手臂：「你的年紀比我大，何必看上這種少不更事的女生？」

金弓匪王點頭：「太子說得對，那麼我把她留給你好了。世上從未有我想得到而不能得到的，關鍵是，密涅瓦不是我想要的。」

密涅瓦用力甩開太子的手：「我不會跟你回去的。」

# 第二十章

## 火火

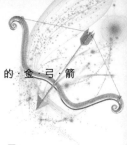

火火在島上發現一種罕見樹木，外形如棠，圓葉，有果實像木瓜。「這是櫰木。食了它，可以增加氣力。」他採摘了幾個，分給了大家。

前方是冒煙的山峰，神魁跟在三人後面，朝烈焰迷宮進發。

「如今有了他，我們會否更有勝算？」火火問他母親。女登聳聳肩：「他雖然肢體巨型，力大無比，但他是一種單純的生物，不懂得躲避蠱惑暗算。我們面對的，是未知的魔族詛咒，並不容易對付。」

火火滿懷心事地默默前行。

頹然而臥的大樹殘痕隨處可見，土層之下就是熔岩。土層不厚，只有最頑強最倔強的樹木才能生長得好，因為任何一場大風大雨都有可能撼動這些樹木的根基。

這裏還有不少岩洞，洞口一簇簇奇形怪狀的似乎是蕨類的植物在崖壁上傲然生長。火火看見隨處都有一種他未見過的石頭，呈玻璃光澤，有灰色、粉紅色或磚紅色，夾雜斑狀結構和流紋狀結構。

「大概快要接近迷宮入口了。」佛諾嗅到一種格外刺鼻的燒焦味，有別於一般柴火。

「這是魔毒瘴氣，不能吸入太多。」女登話未說畢，只見神魁應聲倒地。她搖頭：「看來，他連基本的魔咒也無法防範。放心，他身體壯碩，不會死，昏睡一會自會復元。」

火火馬上用布包裹蕨藤草，分給各人，掩護口鼻。「我們在甘棗山燒毀中毒的屍體時，也會用這種方式，希望有用。」他想替赤鷩圍上布條，牠卻躲開。只見牠從身上摘下三根羽毛，用嘴喙遞給火火。

女登說：「赤鷩是防火鳥，不但不怕烈焰，身上的羽毛更能濾去毒霧瘴氣。來，把它放進布綑，遮蔽口鼻，隔開空氣。」

火火沒想到赤鷩看似弱小，但卻是唯一能在烈焰迷宮來去自若的神鳥。

牠帶着他們走上冒煙的凹凸地殼，避開滾燙的血紅岩漿。

火火沿途看見很多紅木，葉如轂，果實大如瓜，可以禦火。他一邊走，一邊給大家分吃。

當他們來到山峰之顛，大地就像遼闊的岩漿海洋，泛起不規則的鼓動，忽見一個龐大漩渦，徐徐的在峰頂的岩漿海面成形，在漩渦的盡頭，彷佛是有着甚麼東西即將出現一般，隱隱間，一種恐怖的波動，蕩漾在天地間。

「看！」火火指向前方。

岩漿之上突然間出現變故，三個人的面上浮現懼色。

女登的目光凝重的望着下方翻騰的岩漿漩渦，眼神深處，有着濃濃的疑慮。「我兒，你一定要下去？」火火看向佛諾。佛諾堅定地說：「你忘記了奇龍拼盡生命最後一口氣而盡注入不死力量的五彩神珠，正在烈焰迷宮？」

「我一直想不通這點，為何奇龍的五彩珠會在一個被擄走的少女身上？我始終覺得太可疑。」女登皺眉。

「奇龍神珠自有它的意向，怎是我等能理解？」佛諾斷言。

「母親，我的使命是要尋回神珠，我能辜負一個生者，卻不能拒絕一個死人。」火火三番四次想硬着頭皮回去告訴西羅他辦不到，但如今發現神珠的下落，卻實在無法回頭了。

赤鶩這時站在前方一個地洞口，上上下下跳躍。「看來，牠發現了一些東西。」聽得佛諾此話，火火面色微沉，目光看了一眼洞裏翻騰的岩漿海，只見，岩漿上的漩渦，驟然擴大了十倍。「轟轟——」

伴隨着漩渦擴大，忽見龐大的岩漿火柱，突然鋪天蓋地，從岩漿表面上噴射而出，這股高溫的衝擊力，恐怕只是在半里之外也會受傷。

望着驚濤駭浪的岩漿，赤鶩眼中的狂喜，卻是越來越濃，牠渾身羽毛撐起，鮮艷得令人驚異。然後，一股神奇的光環把三個人團團圍住，原本熾熱難耐的空氣驟然涼快起來。

「嘭！」岩漿突然湧起，噴出至半空，旋即狠狠砸落，在濺起漫天岩漿時，急速旋轉的岩漿漩渦，速度逐漸放緩。就在這放緩之時，岩漿海面上，開始凸起巨大半球體，赤紅漿液迅速擴散，一道厚實的黑色石門，在眾人目光下，緩緩自岩漿中浮起。

石門之上，岩漿飛快流瀉，一種莽荒鬼魅的氣息，凌駕天地，頓時把人團團圍困，萬物死寂，三個人從心底裏感受到一種異常驚懼。

最後，火火的目光也是凝固在石門上方。佛諾的雙眼，在此刻迸出亮光，看是內心澎湃。「這裏一定是烈焰迷宮的入口了。」

火火此刻，有些失神，怔怔的望着這安靜矗立在岩漿之上的古老石門，上面的真確氣息，讓他明白，天外有天，在甘棗山活了很多輩子的蓋亞婆婆從未告訴他這些。這世界還有許多認知以外，而又值得去探索的事。

看着那靜靜不動的石門，奇龍所遺世的神珠，西羅的女兒，都是在這冥王的宮殿內。

「如何打開它？」佛諾看向女登。女登雖然十多年以來在山林裏與世隔絕，早就沒打聽到神魔之間的新事，但她畢竟是神族，神族又最愛好管閒事，從小耳濡目染知道的事倒也不少。「用火紅岩漿所燒煉的門，只能靠清水來洗去瘴孽。」

每一位神族都有一種與生俱來的力量，女登被賦與的，正是水的力量。當年，若非她被引開，遺下了年幼的火火在木屋裏，她絕對可以用神力救火，不致令兒子從小便失去母親照顧。

女登閉上眼睛，施展她的法力。她的身體漸漸被一團光芒圍繞，而閃爍着沁涼光澤，然後她張開掌心，手腕相連，雙手做成蓮花狀，只見掰開的手腕出現了光暈，漸成水漩，然後向那緊閉的巨門上噴發。這時，石門上彷彿有着光芒閃爍，緊閉的門縫彷彿是有着開啟的跡象……

# 第二十一章 冥王

他們終於來了。

自從上次在箔金國輸給金弓匪王，潛藏修煉多時，沒想到他會自己跑來送死，終於等到這復仇的日子。

冥王是一位懂得製造幻象的人，他把普羅瑟萍娜的形象送到湖邊，讓火火發現。然而，他沒想到火火的這年輕人夢中，他帶來了馬腹和一位身份不明的神族女人。至於金弓匪王，完全是意料之外，他不知道他是何時認識普羅瑟萍娜，更不知道和他一起來的人是壁土國的太子。

從來，沒有進入烈焰迷宮的人能安然離開。看來，是命中注定要把他們所有人都殺死。無拘，反正這火山需要一場活祭，才會百世不滅。

普羅瑟萍娜已經亭亭玉立，對冥王來說早就足齡嫁給他。冥王的寢宮在迷宮深處的九層塔頂，高聳磚牆上爬滿蒼白的枯枝。這座宮殿是他想贈送給普羅瑟萍娜的禮物，可惜，她從未清醒。

他走進睡房，像無數個夜晚一樣，看着沉睡的她。

他緊緊捉着她的手：「瞧你這頭銀金色的秀髮，紫薇般的眼睛，你擁有農神切蕾蕾的血統，出身顯赫，為甚麼從我帶你回來那一天開始，一直睡了這麼多年？只要你張開眼睛，看到我這張充滿歷練的身體，說甚麼也不會吸引不了你的。」

他褪去上衣，肩膀上露出幾道深深的傷痕。他爬滿皺紋的眼角，乾癟的臉，和泛黑的牙齒，在他每次想感受活人的體溫時，都交織成一副可怖的表情。

他會用瘦骨嶙峋的身體抱起普羅瑟萍娜，她是多麼柔軟和富有生命氣息，對他來說，是燈蛾撲火。即使曾被她母親切蕾蕾用大鐮刀在背上劈下，他仍然和她奮戰到最後一刻。直到，這位想救走自己女兒的人，被他的魔障所重傷斷氣，當他放開切蕾蕾的手時，發現自己竟也渾身顫抖。

迷戀一旦開始，就不能自拔。他白天對普羅瑟萍娜照顧有加，晚上擁抱着她一會兒才離開。如此度過了很多個寒暑，他以為會一直如此。

直至有一天，一顆彩珠從天而降，在她的頸項上停駐。從此，普羅瑟萍娜多了這條不明來歷的項珠，緊緊護在她頸上。每次當他想抱起她，她頸上的彩珠便會發亮，散發出令人不能直視的五彩眩光。別説想觸碰她，就連正視她也變得困難。

他找魔族首領大祭師求問，他告訴自己只要找到一個叫火火的男生，引他來殺死他，和他相生相附的彩珠自然會因黯淡而失去作用。到時，他可以重新奪得佳人。

冥王聽了大喜，答應在事後把彩珠送給大祭師，作為謝禮。

他成功令火火在湖畔看見普羅瑟萍娜的幻象，讓他以為是她向自己求救。誰料一切都是他做出來的虛空，並非實相。

後來為免出岔子，他再次到柏爾古薩湖的湖邊確認，卻遇見一個不應該看見的人。他不是別人，正是普羅瑟萍娜的父親西羅。他的眼睛瞎了，卻居然察覺冥王不是尋常人類。

冥王覺得沒有必要欺騙一個瞎子，索性告訴對方自己的身份。西羅悲慟地向這個令他家破人亡的渾蛋揮拳，冥王神態自若地避開，看見他這副樣貌忽發奇想，呼出冷凍的口氣：「我知道，那位金弓匪王即將連任七丘霸主，會師這裏，因此你一定有機會遇上他。如果，你有辦法令他來到我的地方，我或許可以考慮把你女兒放走。如何？」

西羅聽了，當場一口答應。然而，冥王壓根兒沒想過要放走她。若說金弓匪王聰明，不如說他狡猾機靈；他絕不會無緣無故犯險。所以，即使冥王發帖挑戰，他亦不會赴約。

「轟！」

冥王抬起頭，望着石門中央，寒芒一閃，有一男子，一步踏出，空間波動，天地奔湧而動，化為巨大的光耀，狠狠朝冥王穿透而來。

另一邊廂，火火一行人全神貫注的盯着岩漿漩渦時，前方空間突然蠕動，旋即一道狼狽的蒼老身影浮現而出，原本火光熊熊的門檻，噴出濃濃死氣，把周遭的躍動淡化了無數倍，儼然一片孤寂。

在三人不遠處，冥王現出身來，目光冷漠的瞥了三人一眼。沒有強弩，沒有手下，沒有千軍萬馬，如此想親自手刃自己，實在天真。「你也沒想想，自己從沒殺過人。」冥王把對方的心思看穿，想一語擊潰火火的內心。

「轟！」冥王大笑一聲，一拳轟出，破碎虛空，直接一掌給火火打出去。誰料，火火比他想像中靈活，一躍跨上佛諾的背，便避開了攻擊。火火拔出箭桿，瞄準冥王。冥王瞬間移影，火火接連幾十箭都空發了。

火火深深的吸了好幾口氣，方才壓抑下心中那翻騰的情緒，旋即，他再次舉起手中的弓箭。冥王身影飄移，見到火火竟然如此死纏爛打，眼中殺意湧動。

女登見火火和佛諾拼盡全力，只不過是能稍作阻攔而已。目光一閃，她警惕的在洞頂岩漿海域上掃過，這石門的目的是將整片岩漿隔離，似乎被籠罩上了一種奇異的張力，在這種張力之中，是深不可測的火氣，令岩漿靜止，不傷迷宮中的人。

半空之上，突然巨聲響起，冥王旋即連續出掌，三道身影倒退，火火和佛諾兩人，渾身繚繞的死氣，幾乎徹底的潰散，戰鬥力減弱。以他們的實力，想要阻攔冥王，簡直就是兒戲，此等強者的攻勢，只要是稍稍沾上，便會出現不小的傷勢。

「攔不住他了！」繚繞着死氣中的佛諾，面色蒼白的望着一旁渾身黑霧，幾乎昏厥的火火，嘶聲道。

女登合掌運氣，嘗試製造一個龐大水凝光波圍繞他們作護盾：「走！」

「嘿，耐不住了？」冥王一聲冷笑：「想要離開，哪有這般易事？」冥王望着氣息萎靡的火火，眼中不由得閃過一抹訝異，這個不知死活的傢伙，竟然沒死？

他忽然覺得好奇。從沒一個人會在受他一掌之後，可以活命。這小子體形瘦弱，怎麼看也不是練武之人，何以有神力護身？

他一把將他抓住，如疾風一樣把他帶到迷宮深處。

女登和佛諾的目光，望着半空上那漸行漸遠的黑影，只能握着拳頭，驚呆地乾瞪着眼。

# 第二十二章 蜜涅瓦

太子在最前面領路，翻上一座大山，在一個岩壁後面突然停下腳步。金弓匪王和蜜涅瓦緊緊跟在後面。「不要到正殿前門，那裏有毒霧瘴氣。」

「是你安插在火火身邊的內應，留下標記？」金弓匪王發現，沿路都有人在枯木上刻意留下符號。

太子狡黠地笑，沒有回應，仰手攙扶在崎嶇不平岩石路上行走的蜜涅瓦。

蜜涅瓦抬起眼睛，剛好與太子接上。她當然不知道，太子的心思，此刻正是被她完全佔據：她的出現，總是十分神秘；她和他一直所見過皇室裏的一干女子亦有很大分別。蜜涅瓦外表冰冷，做事卻一腔熱情。而且，她和神族那些整天穿着單薄紗裙，意態撩人的尋常女子不同。她擁有惹人遐思的動人體態，緊身的夜行服，盡顯她玲瓏優美的線條。

太子的好感，在蜜涅瓦眼中，只是懵懂的少年情懷。他大概只是時不時的怦然心動和感動；相反，她不得不承認，相比世間男子，太子終究是不尋常的。他雙目靈動如神，就算隻身來到這裏，在現今情況下仍毫無懼意，只是臉色差了一點……是不是昨夜睡不好呢？」

太子見她定睛看着自己的臉，咳了一聲，清清喉嚨道：「前面這岩壁是另一方入口。」

金弓匪王揚手：「且慢，我們不能如此貿然進去吧？這裏是冥王的地方，太冒險了。」他揮手，半空閃爍着一層淡淡的金光，平空劃出一幕白幔。白幔上隱現一座宏偉迷宮，壯觀地矗立在這地底之下。

太子向蜜涅瓦說：「難怪人人都說他是魔術師。」金弓匪王微笑：「若非你找到正確方位，我倒是不能在此地上空以幻象重現山體內的分佈。」

迷宮巍峨龐大，由黑色巨岩而成。驟眼望去，面積極為廣闊，根本看不見迷宮的盡頭。迷宮之中潛藏着不少怪物，在迷宮走道上緩緩行進。

金弓匪王指向牠們：「這些怪物從出生到死亡，一直生活在這陰森的迷宮裏。」

蜜涅瓦驚訝：「這個迷宮也太大了吧。」「是有點大……我從來沒有見過這麼大的迷宮。」太子沉穩的點頭。「該從何處入手？」

「如果要囚禁一個人，應該會在囚房吧？」金弓匪王抱着肩膀說。

太子掃視了地圖一次，馬上指出：「這邊。來，就在前方的不遠處，有一棵老樹。」三人看向他的指尖所及，的確看見嶙峋老樹於突兀怪石之上，盤根上雲霧瀰漫繚繞。

他們走近老樹，發現有一樹洞坑在盤根暗處，直通地下深淵。金弓匪王躍身一跳，噗一聲跳下去了。「就在這裏面。」他向上方呼叫。

太子看一眼蜜涅瓦，蜜涅瓦一臉逞強，推開他伸出的援手，逕自縱身而下。太子沒趣地隨之到達地底。

「這地方偏離正門和正殿，戒備不嚴。」金弓匪王走在前方。

蜜涅瓦看到通道圍牆上，老樹底部從土壁裏扎根而出，幾隻蝙蝠從盤根錯節中探出頭來，唧唧喳喳。惡風呼嘯，一條巨蟒在他們的頭頂經過，體表的鱗片變換成與樹根一個顏色，強壯的肌肉緊緊貼着土壁，逐漸靠近，頃刻身形暴變，化為一團黑影將蝙蝠瞬間吞噬。

蜜涅瓦沒有預想目睹這突如其來的襲擊，本能地抓住太子的手臂一下，縮躲到他身後。太子順勢把她的手握住，驚慌的她亦沒有反抗。

詭譎，陰森，秘異，恐懼，各種人世間最複雜的不安氛圍，都充斥在這迷宮裏。

金弓匪王眼睛在發光：「我就說，這方向沒錯！」他指着前面的一點光。蜜涅瓦盯着前方，眼神一凝。很奇怪的是，剛才好像來過這地方。

「這裏是我們剛下來走過的地方。」她指向地上血淋淋的蝙蝠殘骸，太子和金弓匪王立時呆住。

太子奇怪：「第一眼還能記住模樣，但當越是想要記住它時，腦袋裏的畫面就越模糊，越集中注意力，記憶就越空蕩。」他們再走了一個圈，太子無力的揉了揉自己太陽穴：「居然全忘了！這是魔迷宮。」

金弓匪王湊上來：「想記住迷宮裏的路線，但是卻發現自己怎麼都記不住。我明白了！即便我們想用甚麼把戲記住了迷宮的佈局，但迷宮卻無時無刻不在發生變化。」

太子愣了一下，「我有用心記着，迷宮沒有變化啊。」

金弓匪王搖頭：「從外面看不出來，很難用三言兩語跟你説清楚，所謂迷宮，涉及天地法則，能夠在不知不覺中影響到你的六感。」

「走吧，我是魔術師，冥王所擅長的，我亦擅長。」金弓匪王昂首闊步走在最前面，聲音迴盪在地下洞窟之中。

只見金弓匪王每行十步，便閉目一段時間。蜜涅瓦和太子跟隨他行進，發現他所言非虛，他用感念破解魔障，彷彿對這迷宮很了解。

「牢房就在這裏。」金弓匪王向前方指了一下，這是一片黑色的通道，通道兩側的牆壁，不是棕紅，而是焦黑，漆黑通道裏彷彿灑滿了墨汁，一眼望去盡是暗黑。

「這裏面完全被黑暗之力所覆蓋，潛藏着許多岩漿絞殺陷阱，因為失去了光，我們會失去視野。所以，穿過這片區域時，只能憑藉直覺，或者憑藉肉身亂撞。」金弓匪王凝重說道：「但是要注意，這未必能避開岩漿絞殺陷阱。我們掉下去的話，必死無疑。」金弓匪王呼一口氣。

太子惶惑地看向寸步難行的前路。遇到困難的時候，即使難題確實很困難，但他不會輕易放棄，甚至他會覺得開心。因為，在他看來，遇到困難，說明自己的儲備知識和能力還不夠，每一次他都可以學習到新的東西超越過去的自己。對於他來說，超越自己並不是甚麼很困難的事情，而是一種潛在的習慣。

蜜涅瓦這時說：「或許我有個更好的辦法。」她身上總是帶有一個小草藥包，多年來都是火火幫她配備，用來防身。裏面有一種帶莢的果實，名叫籦，吃了它可以令視力超然。

三人吃了之後，眼睛驟然變得明亮。「有這個能力，穿過黑暗區域就沒問題了。」太子高興地捧起蜜涅瓦的雙手。蜜涅瓦感覺到他掌心傳來的溫熱，心裏不由得一陣悸動……

他們順利通過黑色走道，避開散發出濃郁死氣的血紅岩漿陷阱。在盡頭的光明處，看見一個緊閉的石棺材。金弓匪王閉目感念半刻，隨即說：「我感覺到微弱的體溫，裏面的不是冰冷的魔，而是人。」

太子和他馬上合力推開石棺蓋，一聲巨響，緊閉的棺材露出了一個不大不小的縫隙。陰森濃郁的死氣，凝結成霜，從縫隙裏滲透出來，棺材瞬間就被這恐怖的死氣所冰封。

當看見裏面瞪着眼一動不動，被冷凍的人，蜜涅瓦的呼吸戛然而止。

# 第二十三章

# 火火

火火看不清楚眼前的景象，彷彿被重重疊疊的薄紗所覆蓋。

轟——他眼前忽地出現三雙眼睛，一個人既陌生且好奇，一個人充滿不理解，剩下的一個人，用她那又大又明亮的眼睛，訴說着自己的訝異和傷心。

無盡輪迴，這裏是烈焰迷宮的最中心。火火被冥王帶來，然後被封印在石棺材裏，動彈不得，全身又冷又痛。他把普羅瑟萍娜的幻影，和不斷出現的噩夢串聯，把事情始末從頭到尾想了一遍，無數閃念在他腦海中不斷盤旋，最終得到一個想法：那個在夢中想把他殺死的男人，不是別人，正是冥王！這是一個設局，目的是把他引來這地方。

他看着冰霧外的太子，和自己一起長大的蜜涅瓦，他們冒險犯難，是來找他？他絕不能死在這裏！

意念一動，四方虛空扭曲，然後濃郁的死氣從體內散出。忽然一道熱感運行全身，如脫韁野馬，在體內奔騰。火火但覺酷熱難當，彷彿全身紅腫刺痛，苦不堪言。

這時冰霧外的陌生人，見他四肢發紅，向他說：「控制自己的心念，把熱感帶引到頭頂上。」火火馬上照做，專注地控制這股他從未有過的力量。他只感絲絲涼氣，直透進四肢，瞬間運轉，頓感渾身舒暢，剛才所發出的高溫竟變得完全感受不到，恍如無物。

剎那間，全身火光熊熊，石棺材被炸開，一團濃郁的黑影爆射而出，煙消雲散，餘下揮之不去的冷腥味。

「蜜涅瓦……」他筋疲力盡，身體一軟，把頭擱在蜜涅瓦的肩膀。太子眼明手快，擋開了他，順勢一把將他接住。他用力搖晃火火的雙肩：「清醒一點吧！別睡了！」

火火勉強睜開眼皮：「你如此大力，我全身都發疼了。若非知道你特意前來救我，我一定以為你刻意令我受苦。」

金弓匪王在旁竊笑：「他的確不是為救你而來，我看，他是想報復甚麼似的。」他看一眼蜜涅瓦，蜜涅瓦一臉茫然，顯然聽不明白；但身邊的太子，卻似乎被說中心事，滿臉通紅。

火火摔開太子的手，伸展一下肢體。「我沒事了，謝。」他別轉臉面向金弓匪王：「素未謀面，感激救命之恩。」金弓匪王咧嘴冷笑：「我們見過的。」

火火皺起眉頭，用細膩的目光在眼前這個中年人的五官搜尋線索。他的眼睛忽然亮了一下，後退半步，作出防禦狀：「是你？」

「對！我是在樹林裏幾乎把你一箭殺死的人。」金弓匪王用手拉拉弓。

「你當時為甚麼要殺我？莫非，你也是冥王的手下？」

「呸！的確是手下，不過是倒轉，他可是我的手下敗將！」金弓匪王黑黝結實的體形，甚有說服力。「我當時不殺你，只是覺得你太弱小，不值得浪費我的箭。」

蜜涅瓦在旁邊聽到，不禁笑了。火火瞪她一眼，她反唇：「我不是來找你，我也是跟隨他們而來。當初，是誰把我丟失卻不理？」

火火沒有反駁的餘地，的確，他當時沒有在原地等她。太子乘機插嘴，向蜜涅瓦說：「以後你的安全，我負責。」

金弓匪王眉宇之間顯出不耐煩：「好了，你們的私情我不理。火火，你的首要任務不是要救出普羅瑟萍娜？」

火火怔忡地說：「坦白說，我不知道在這烈焰迷宮裏是否真的有普羅瑟萍娜。」

「甚麼意思？」金弓匪王心頭一凜。

火火唯唯諾諾：「說不定，那只是冥王騙我前來的幻象。也許，她早就死了……」

「沒可能！」金弓匪王斬釘截鐵：「她一定在這裏。普羅瑟萍娜每一夜都託夢給我。」太子冷笑：「冥王既然可以用假象假夢，你怎知道這不是他騙你的謊言？」

「我知道就是。」但見金弓匪王一個箭步離開牢房。其餘三人面面相覷：他怎能如此肯定？

金弓匪王很少會如此焦躁，對於有此反應，連他自己都感到有點意外。這班人當然不會知道，這並非一時三刻才出現的夢。五年以來，普羅瑟萍娜的碧綠眼睛和單純的微笑，早在他心坎裏扎根。他為人儘管放蕩不羈，卻從未為一個女人如此在乎。此時此刻，他清楚知道，她就是命中注定的女人。

火火在後面追上前：「無論如何，我答應了西羅救出他女兒，也答應了佛諾要取回奇龍彩石，我必須跟你前去。」

落在後方的太子，並未很焦急的跟上兩人腳步。他拉着蜜涅瓦，和他們保持着一段距離。此時的太子，神色飄忽，顯然是滿有機心地思量和籌謀些甚麼似的。

忽聞前方有打鬥聲，火火追前，見是佛諾和女登在跟冥王交戰。「母親！」火火想衝上前去，金弓匪王拉他一把：「小子，拿這個去幫你的母親！」他把背上的金弓箭交給他：「這弓比尋常的輕得多；這箭亦快得多。記着：要預先攻擊敵人的下一步，而不是反應他的這一步。」

火火愣住，他沒想到會得到金弓匪王的神器。他接過弓箭，果然非同凡響，他問：「那你呢？」

金弓匪王笑一笑：「我沒興趣和手下敗將再打。我來的目的只有一個：救出普羅瑟萍娜。你在這裏拖延冥王，正好方便我四處尋找她。」說罷便像風一般走了。金弓匪王這麼做，是因為想起奇龍。世間沒有平白發生的事情，追源溯因，奇龍是天下間最厲害的半神半獸，牠指定將不死力量傳給火火，一定有其背後的原因。

火火這時現身，佛諾和女登驚喜萬分。佛諾大呼：「我以為你死掉。」冥王回頭：「嘿，你這小子怎麼能敵過寒冰石棺封印？」女登趁機向他偷襲，冥王噴出數口鮮血，然後面色驚懼的看了一眼不遠處的火火。火火此時連發了三箭，正中冥王頸背。冥王雖然眼有怨恨，但他卻明白，現在這種狀態，恐怕是再無法與他們抗衡，當下一咬牙，便拖着重傷的身體迅速遠去。

「母親。」火火飛快跑到女登跟前，見她身負重傷，倒臥在地上。「你別嚇我，母親，我還有很多說話想問你。」他抱起她的臉，淚如雨下沾濕她的髮鬢。

# 第二十四章
## 金弓匪王

冥王的寢宮在迷宮深處的九層塔頂，下方是滾燙熔岩，門口有鐵鏈吊橋，連接迷宮的通道。金弓匪王橋頭停下來，遙望對岸的寢宮。如果要把一個女人私藏，除了囚房，大概只有睡房。

一名魔獸守衛，揮動巨型尾巴，突如其來在他右側施襲，金弓匪王靈活地閃避開。牠再次粗魯地揮動尾巴向他攻擊，他再次跳起，以迅雷不及掩耳的速度，跑往九層塔。

魔獸笨拙的身軀擠不上吊橋，眼睜睜看着金弓匪王在一晃一晃的橋上，便用嘴上的巨鼻推動鐵鏈吊橋，令其猛烈搖晃。金弓匪王失重心，滑一下手，幾乎跌入熔岩海，他咬着牙齦抓住鐵鏈，一點一點把身體提升回崖壁上。

他重重吁一口氣。

看着對岸暴跳如雷的魔獸，金弓匪王得意地走進寢宮。他走向床邊，掀開簾幕。

他湊過去，低頭仔細端詳着床上的女人，這女人雙目緊閉。

她的身材修長，筆直圓潤的雙腿並攏着，身材飽滿，近乎完美的嬌軀被一身白紗長袍輕裹，因為是躺着的緣故，長袍的下襬散開來，恍若一朵白色花瓣。眼前人面容姣好，膚色發白，一頭秀髮散落在肩頭和耳邊，這女人就這樣靜靜地躺着，是一個沉睡着的美人。

如此美麗的畫面，讓金弓匪王幾乎不願意打破，他無數次想像，卻不能相信，普羅瑟萍娜比他在夢中看見的更美。

他仔細地端詳着這個女人，安詳地沉睡着的普羅瑟萍娜顯得恬淡靜怡，看上去是多麼迷人。他相信，這般嬌美的女人，若是睜開了她那碧綠的眼睛，必會顛倒眾生。他輕輕在她耳邊叫喚了一下：「普羅瑟萍娜。」她沒有反應。

她到底是沉睡，還是死去？發生了甚麼變故，還是有着別的甚麼原因？在這裏的只有金弓匪王一個人，所以他一時之間亦無從獲取答案。

如今，他只能先把她帶走。但，又怎麼帶呢？外面有滾燙熔岩海，有鐵鏈吊橋，有魔獸……

外面散發出濃郁的死亡之氣，地面瞬間被凍結，寒霜向外擴散。

冥王的黑影，如疾風呼嘯，穿透進來。

「嘿？看是誰來到這裏？」冥王站在門前。他瞥一眼普羅瑟萍娜：「想偷走她？匪王，你太不堂堂正正了。」

「可笑，我是匪王，不用偷的，難道用搶的？」

冥王眼中的黑氣焰波動了一下，眼中掠過一抹詭譎，他剛受傷，沒想到立即又遇上金弓匪王。說時遲那時快，對方已經用念力發動攻勢，他只好迎戰。半空上兩道異彩，一黑一白，你死我亡，緊緊相隨。冥王漸漸力弱，看是無法與金弓匪王抗衡，他奔出寢室，後退往對岸，低吼一聲，把鐵吊橋砍斷，下一刻渾身抽搐，直挺挺的躺下，幾滴黑血濺落。

一股黑影從冥王身上噴出：「你殺不了我的。我現在沒有『形』了，會依附在這個烈焰迷宮，把你們所有人吞噬！」

金弓匪王只能握着拳頭乾瞪着眼，吊橋斷了，怎麼辦？

這時，他感覺一雙溫柔的手，在他背後抓住他的前臂。他嚇一跳，別轉臉想攻擊之際，但見一雙圓滾滾的碧綠眼珠驚呆地望着自己。「普羅瑟萍娜……」

在她的眼珠中，反映着眼前古銅色皮膚和黑色杏眼，臉上只有短鬍鬚的金弓匪王。她注意到他的手緊緊握住拳頭，看起來彷彿和她一樣害怕。

「我本來是帶你走的。」金弓匪王把這位夢寐以求的女人抱緊。「沒想到，他把吊橋毀掉。如此一來，我們會被困在這裏。」

「抱歉……因為我在夢中向你求救，才會有此結果。」普羅瑟萍娜抬起閃爍的眼睛。

金弓匪王搖手：「你我之間永遠不用說『抱歉』。」

普羅瑟萍娜微笑，用纖長的手指，溫柔地撫摸他的短髮。「你已付出所有去守護，我願以真心永遠愛戀。」

這時，嘩啦嘩啦——巨大的岩漿漩渦，旋轉得劇烈，驚天動地，在九層塔外迴盪。

一種特殊的力量蔓延在迷宮中，令金弓匪王心寒。

「冥王一定是想摧毀這裏，令所有人陪葬！」金弓匪王握着普羅瑟萍娜的手，和她走出九層塔，眼見腳下翻滾的熱熔岩，內心焦急得很。

這時，一隻大鳥從天邊出現，是鳳凰！鳳凰背上坐着的不是別人，而是太子和蜜涅瓦。

「蜜涅瓦！快下來救我們。」金弓匪王喜悅萬分地向她招手。可是，只見鳳凰在半空一直盤旋，不肯下降。

「發生甚麼事？」金弓匪王向上空呼叫。蜜涅瓦大聲說：「我不知道為甚麼，鳳凰就是不肯下來。」

太子亮聲：「我把金弓匪王令七丘生靈塗炭的事，告訴了鳳凰。所以，牠不肯救你。」

蜜涅瓦連忙向太子說：「你亂說甚麼？現在人命攸關。」太子聳聳肩膀：「箔金國需要改朝換代，各城年輕的武將都想如此。」

金弓匪王愣住，反覆思索太子的事。從不交往的壁土國忽然來訪，太子在箔金國社交頻繁，他在背後一定籌謀着很多他不知道的事……

金弓匪王冷笑：「嘿嘿，原來如此。太子，你倒是沉得住氣，到現在才露出本性。說，你想怎樣？」

太子放聲說：「爽快！只要你把王權交出，從此七丘太平，鳳凰自會下來救你們。」鳳凰是人們心目中的瑞鳥，喜愛天下太平。時逢太平盛世，才有鳳凰飛來。金弓匪王沒想到他居然有此用心，以大義迷惑神鳥。若只有他一人，生死有命，他未必會答應。但如今，他想普羅瑟萍娜活命，也想和她共偕白首。

反正，回到皇宮，即使他願意退位，亦不見得七丘城主願意。這太子，胃口太大了……

「好！我答應交出王權，快下來救我們。」金弓匪王朗聲，攔腰把普羅瑟萍娜抱起。

# 第二十五章

## 女登

佛諾的背上，有火火和女登。剛苦戰一場的他，背負着兩人離開迷宮的地底通道，舉步維艱。他耗元太損，如今即使女登氣若游絲，他都無法讀到她內心的秘密。

在火火的懷抱中，女登打量兒子的五官，看他眉宇間有的秀逸，有半分像自己，有半分像他的生父。在這段相處的日子，他是多麼聰敏，又是多麼善良。在甘棗山長大的他，的確比在貴族的府第更適合⋯⋯

「我兒，你把這個戴上。」她把自己頸上的銀鏈墜，掛在火火的頸項上。「母親，很快到出口，你別忙這個，快點休息。」

「你會怪母親太懦弱，沒有好好照顧你嗎？」她以近乎聽不到的聲線問火火。「別說這種話。母親要把孩子生下來，是女人需要付出的最大勇氣。」火火溫柔地說。

「可以再見你，真的太好了⋯⋯」女登半閉着雙眼。

這時，無盡的紅光充斥在迷宮內，化為一片血色魔障。「發生甚麼事？」火火驚惶地左右顧盼，但見石壁開始變形，地面湧現一條條如血注的細流，蔓延腳下每一方寸，土地開始四分五裂。

「火火你給我致命一擊，我現在只餘下魂魄，依附在這個烈焰迷宮，別妄想離開，我要把你們所有人吞噬！嘿——嘿——」

是冥王的聲音。在大家還未來得及應對之時，一股龐大黑影包圍着三人。佛諾拼盡全力跑向頂部的出口，但龐大黑影如手掌一樣想把他們撲殺。飛射過來的黑影，如黑血濺落在地面迅速擴散，沿着佛諾的小腿骨向上蔓延，瀰漫着蝕骨的痛，似要把佛諾吞噬一空。

就在黑影快要拖拉在佛諾的後蹄的頃間，女登勉力睜開眼，在火火耳邊悄聲說了一句。然後，便從佛諾的背上一躍而下！

「母親！」火火想縱身而下抓她的手臂，卻被佛諾在半秒間伸手穩住火火的身體。

「放手！」眼見母親跳進翻騰的熔岩漿海，火火聲淚俱下，想掙脫佛諾。

「別去，她在救你！」

虛空中，一條冰白刃矛從無到有，凝聚而成，刃矛化為一團寒水射向那黑影。呼——黑影遇上冰白寒水中，逐漸瓦解。

突然間，火火驚訝的發現，整個地面的溫度，不知甚麼時候降了下來。一層薄薄的冰層，開始出現在地面上。

「怎麼回事，到底發生了甚麼事！」剛剛還是滾燙的大地，就在這一刻，卻變得無比嚴寒，如同深冬臘月，一種刺骨的冰冷在火火心中繚繞。

此時此刻，女登的樣子已經發生了天翻地覆的變化。白髮飛舞，衣袂飄飄，圍繞在她身體周圍的旋風，此刻變成了無數晶瑩剔透雪花。這些雪花如精靈一般，在她身旁翩翩起舞，彷彿在供奉一位女王。

她以一股極度嚴寒的氣息把烈焰迷宮徹底封印。佛諾看見過的神族威力何其之多，此時內心卻震驚得說不出話來。

天下水系異能者眾，然而女登卻不一樣。她竟然已經可以影響到周圍的環境，將整個火山封死，這是多麼強大的力量。

這種力量，就連時間都可以凍結。

天地頃刻平靜了。火火驚呆得連眼淚都沒有，甚麼都沒有了，甚麼都離自己而去。母親溫柔的臉龐依舊在火火心中繚繞，如今，卻天人永隔。現在的自己，又回復一無所有，內心中，只剩下悲傷。在他的回憶中，母親臉上依舊掛着笑容，然而這笑容，卻是讓人心碎。

火火面如死灰，感覺不知道過了多久。回到岸邊，看見呼呼入睡的神魁。神魁把兩人抬起，準備帶離這片孤島。這時，守在附近的赤鷩看見他們回來，高興地一蹦一跳。

「有沒有見過蜜涅瓦？」火火這時候才想起她。她該不會……被困在火山內吧？

赤鷲告訴他，她和太子，連同金弓匪王及普羅瑟萍娜，剛乘鳳凰而去。此時，他們一同看見，在遠方鳳凰背上有一道彩光，朝北方直奔。

「奇龍彩石又飛走了！」佛諾指向半空。

太子在鳳凰背上，親眼看着唾手可得的彩石忽然飛走，十分惋惜。片刻之前，他和鳳凰背上的眾人一樣，差點葬身此地。看了一場驚天動地的纏鬥，心裏激動——剛才明明聽見了一些劇烈的岩漿翻騰的聲音，當目光轉向下方，卻只見到那裏平靜得沒有絲毫波瀾。

同樣見到這景況，蜜涅瓦眉頭一皺，卻並沒有移開目光，視線緊緊的盯着岩漿表面，忽然，她瞳孔陡然一縮，厲聲向鳳凰叫道：「遠離岩漿！

快！」平靜的山帽陡然濺起萬丈火浪，緊接着，一道驚天動地般的嘶吼，浩浩蕩蕩在天地之間響徹。萬丈岩漿衝天而起，一道令天地變色的兇悍氣息，自烈焰迷宮暴湧。

驀地，天上的雲層彷彿被人用刀從中間劈開，無盡的雲朵以這條直線為中心，向着兩邊瘋狂的洩去，與此同時，一道白光，從這條縫隙中直射而出，照亮了整個大地。

未幾，烈焰迷宮忽然沉落，大地一片平靜。「火火……」蜜涅瓦想叫鳳凰回頭，但太子阻止了她。

「事已至此，生死有命。你即使想回去找他，也先把普羅瑟萍娜送回皇宮吧。看她臉色蒼白如紙，情況不妙。」太子理直氣壯地説。

蜜涅瓦看了普羅瑟萍娜一眼，只好忍受內心的牽掛，把大家帶回皇宮。

太子淒然地看向死寂的大地。他並不討厭火火，但他眼中容不下一顆沙。蜜涅瓦是世上第一個對自己認可的人，好好抓住這感情，必能成就一番大事。如果上天安排蜜涅瓦來到他身邊，她的內心只可以有他一個人。

回到大城，蜜涅瓦向太子辭行。

「你想去甚麼地方？」他問。蜜涅瓦聳動瘦小的胳膊：「未有打算。我想念我的貓頭鷹。」她其實是有點記掛火火……

太子很想跟她同行，卻又因尚有一件事要完成，必須暫緩幾天才出發。他心想：蜜涅瓦有鳳凰為伴，相信不會有危險吧？

然而，如果他知道，自己母后的監察；如果他知道，魔族的首領，正在為冥王的失誤而怒不可遏，他也許不會讓她輕易離開。

# 第二十六章

## 結束

「她實在是太瘦了。」西羅說。他站在普羅瑟萍娜房間的窗外，看着侍女幫他的女兒把長髮梳理到腦後，用一根牛骨髮夾固定。他與女兒重逢的喜悅，帶着即將與她分別的神色，同時顯現在他枯槁的臉容上。他把自己雙手，放在金弓匪王握着劍柄的手上。「你確定會照顧好我這麼年輕的女兒嗎？」

「來到我的宮殿，成為我的女人，我一定保護好她。」

普羅瑟萍娜看着鏡中的自己，回想當日被送進這宮殿。在接近宮殿門口，轎子速度漸緩，終於停了下來。簾幕再度掀開，有人伸手攙扶她出轎。她以為是皇宮的侍從，此時她注意到那是粗糙的手，是微微抖動的手，是她熟悉的手。

她馬上揭開轎簾，是他，真的是老爸！

西羅笑瞇着眼睛，看着他的女兒。全靠火火之前教他採那種像蒼術的藥草，他的眼睛現在可以看到大部份輪廓了。

門上響起一陣輕敲。「進來。」鏡前的普羅瑟萍娜回過神，一班僕婢們走進屋內，鞠躬行禮，然後動手準備沐浴。他們是七丘城主贈送的禮物，雖然箔金國沒有奴隸制度，但握有實權的貴族卻能夠例外。

她們在澡盆裏放滿熱水，灑進香油，攙扶普羅瑟萍娜入浴。洗浴水滾燙無比，但普羅瑟萍娜沒有吭聲。她不喜歡這種熱，讓她想起烈焰迷宮。僕婢仔細地為她梳洗，把她雪白的肌膚潔淨。僕婢一邊為她刷背和洗腳，一邊告訴她，她有多麼幸運。「金弓匪王家財萬貫，全國有十萬名戰士。這宮殿有兩百個房間，還有用金銀打造的門。」她說個不停，沒完沒了。她告訴普羅瑟萍娜，金弓匪王是多麼英俊，多麼高大，殺敵時是如何從不畏懼，說他不僅是有史以來最優秀的國王，更是如惡魔般的神射手。普羅瑟萍娜從頭到尾不發一語。

沐浴清淨之後，僕婢扶她起身，拿毛巾擦乾她的軀體；又把她的頭髮梳理得發亮，接着為她穿上金弓匪王送來的內衣，再罩上深綠絲袍，襯出她的綠色眼瞳。僕婢為她戴上寶石冠和鑲着綠水晶的金手鐲。最後還拿來花草香油，說準備在她兩腕、耳後、雙唇各輕觸一抹。普羅瑟萍娜拒絕了這些香芬。

「要加上香芬，你看起來才算有幾分皇后的模樣。」僕婢嘆道。普羅瑟萍娜不禁渾身發冷，全身雞皮疙瘩。她說了一句：「所以你是想告訴我，只要任何女人這樣打扮，都會成為皇后？」僕婢慌張起來，不再發一語。

普羅瑟萍娜討厭被擺佈，她不喜歡這皇宮。

金弓匪王坐在皇后殿外的小池塘邊，探手在水裏晃悠。看到她來了便站起身，帶着評審意味地上下打量。「轉過去，很好，你看起來……」

「有王家風範。」太子不知道從哪裏走出來。「普羅瑟萍娜，願你享有神族的所有祝福。」

太子說罷牽起她的手，低頭行禮。然後，他轉身向金弓匪王：「你如今得到夢中佳人，可要記得王權之約啊。」

金弓匪王微笑：「明天大婚之前，我會公佈退位。但是，如果七丘城主不願我離開——」太子馬上接上：「全依照七丘之主的意願了。」

看着他離開的背影，金弓匪王有點生氣：「這位太子不會真的以為如此這般可以把我趕走？」

普羅瑟萍娜看着這位她等待了五年的男人，她輕輕地擁抱他，只想把世間的平和都交給他。「你是我最後一個女人。」他深情地吻在她的額角。

婚禮在柏爾古薩湖的神殿舉行。這裏是農神的殿閣，亦即是普羅瑟萍娜母親的住所。西羅一大清早就來神殿，向天祈許，希望這位農神妻子給女兒一生幸運。

婚禮開始之前，金弓匪王在皇宮大殿，先向七丘城主公佈退位的決定。城主們大力反對，他非常欣慰。

太子微笑：「我們的約定，是全依照七丘之主的意願。」金弓匪王得意地指向七丘城主：「他們說反對。」

太子又再微笑：「我們的約定，是全依照七丘之主的意願。七丘之主，是七丘的國民，並非城主。難道，你不同意？」

金弓匪王一愣。太子躬身：「大王請到城門之上，面見七丘的年輕總督帥及他們的國民代表。」

金弓匪王不料他有此一着，但不相信他有翻天覆地的能力。

城下萬民空巷。「大婚之後，我會將王權歸還，盟主一職交由壁土國的太子暫為託管。」他以為此話一出，定必引起騷動。誰料，一息間鴉雀無聲。接下來，四面八方騎着馬的少將開始起哄。「金弓匪王英明！太子仁德！」七個地方的年輕總督帥，帶着臣民高呼。

金弓匪王還以為自己聽錯。這班少將……他記起來了！他們都是太子刻意籠絡的人。原來如此，是他一步一步設計讓自己不能反悔。

金弓匪王意興闌珊，走到柏爾古薩湖。他的新娘，應該正在神殿內等待他。雖然，他仍然有用不盡的家財，但無論任何一個女人，都一定想與國王立下山盟海誓，在皇宮住上一輩子。他要怎麼跟她說才好：「你不是皇后了。」「我們不能住皇宮了。」……

他在柏爾古薩湖畔怔怔地出神：自己也許從來就不適合做七丘盟主，不然，他不會喬裝怪賊，想得到一點自由的叛逆。

這時，有一把聲音，從他耳邊亮起：「從皇宮來這裏，很遠。這風景如何？」是普羅瑟萍娜，她正在湖邊採集了一籃子白花，用手搓揉，馨香盈懷袖。

他問：「你在做甚麼？」普羅瑟萍娜說：「我在做梳洗用的香粉，我用不慣皇宮的香油。」「我已不是統治箔金國的金弓匪王。」普羅瑟萍娜抬起清澈的眼睛，目光如流波，微笑：「但你永遠是我最愛的夫君。」

人們都說，沒有比匪王更快的弓，也沒有比他更貪婪的人。連他自己也沒有想過，金弓和貪盜，如今都已經不在乎了。

他們在童話花園裏，攜手走過村民用紅玫瑰花鋪成的地氈，四周奇香異樹，恍若一個大觀園。沒有皇宮城堡，卻有大片草原、盛開的鮮花。村民準備的食物非常精緻，有海鮮、牛肉、水果、蔬菜……等。

金弓匪王和普羅瑟萍娜在森林裏穿梭流連，徘徊在小徑，享受微風吹拂臉頰的愉悅。

「你沒有金弓了。」普羅瑟萍娜訕笑。「對，我的金弓給了火火。他呢，應該在另一場遠征的路上吧。」

普羅瑟萍娜問他：「你不去征服世界？」

「我，有了你，已經是全世界了。」他捧起她的像蘋果紅的臉，深深吻在她的溫軟的唇。

他們的愛情，如陽光耀眼。

「今天陽光好像格外燦爛。」在千里之外，佛諾跟火火說。

火火瞇着眼，看向朝陽：「對生存意義的探尋，才讓人得以不斷自我超越，突破現實困境。這就是，神族和人類共有的靈性。」他用手緊握頸項上的銀鏈墜，記起母親說過的每句話，包括靈性，包括最後告訴他，那一個潛藏的秘密。

（第二冊完）

www.cosmosbooks.com.hk

書　　名　覺醒世紀2：盜夢者的金弓箭
作　　者　金　鈴
編　　輯　王穎嫻
封面設計　郭志民
美術編輯　楊曉林
出　　版　天地圖書有限公司
香港皇后大道東109-115號
智群商業中心15字樓（總寫字樓）
電話：2528 3671　傳真：2865 2609
香港灣仔莊士敦道30號地庫/ 1樓（門市部）
電話：2865 0708　傳真：2861 1541
印　　刷　亨泰印刷有限公司
柴灣利眾街27號德景工業大廈10字樓
電話：2896 3687　傳真：2558 1902
發　　行　香港聯合書刊物流有限公司
香港新界大埔汀麗路36號中華商務印刷大廈3字樓
電話：2150 2100　傳真：2407 3062
出版日期　2019年7月/ 初版・香港

---


ISBN 978-988-8548-22-4